SV

Jennifer Clement

Auf der Zunge

Aus dem amerikanischen Englisch
von Nicolai von Schweder-Schreiner

Suhrkamp Verlag

Dieses Buch wurde klimaneutral produziert.
Klimaneutral
Druckprodukt
ClimatePartner.com/14438-2110-1001

Erste Auflage 2022
Deutsche Erstausgabe

Umschlaggestaltung: Anzinger & Rasp, München
Umschlagabbildung: Patrick Miller
Satz: Dörlemann Satz, Lemförde
Druck: CPI books GmbH, Leck
Printed in Germany
ISBN 978-3-518-42994-5

Auf der Zunge

O, stürmisch Volk, in Dir wohnt keine Treue.
Geoffrey Chaucer
Die Canterbury-Erzählungen, ›Die Erzählung des Klerk‹

Und wenn ich träume, dass du mein bist, bist du mein,
Denn all unsere Freuden sind bloß Fantasie.
John Donne
Elegy X: The Dream

DIE FRAU

Sie ist der Regen des Regenmanns und das Schiff des Schiffsmanns.

Sie läuft durch die Straßen von New York, ein Weg durch einen Wald aus Feuertreppen.

An ihrem Körper klebt der Geruch vom Zug des Zugmanns und vom Feuer des Feuerwehrmanns.

Die Frau läuft und sieht hoch in einen Wald aus Feuertreppen. Die Metallleitern sind draußen an den Häusern montiert und führen vom Bürgersteig hoch, am Haus hoch, bis hoch zum Dach. Die schwarzroten Gerüste, die Stufen und waagerechten Podeste aus Stahlgittern, werfen Schatten an die Mauern.

An einem der Absätze hängen drei Paar Jeans und ein Paar rote Socken über dem rostigen roten Geländer. Auf einem anderen stehen Blumentöpfe. Grün gefleckte schwarze Stöcke, die in ein paar Monaten Blätter und Blüten tragen, stecken in der Erde.

Das Geflecht aus stählernen Treppen umringt und überragt sie, und auch die Tauben, Amseln und Schwalben nisten und hocken im Schatten des Metalls.

Die Frau will die Leitern hoch in den Himmel klettern.

Unter den geriffelten Schatten der Feuertreppen führt ihr Weg sie auf und ab durch die Straßen der Insel.

Während sie das Kreuzundquer der bebuchstabten Avenues und nummerierten Straßen kreuzt, spricht sie mit Fremden. Unbekannte Hände berühren ihre Hände, berühren ihre Wange, berühren ihr Haar, und unbekannte Münder hauchen auf ihr Haar, ihre Wange, ihre Hände.

Jeden Abend, wenn sie spät nach Hause kommt, fragt ihr Mann: »Wo bist du gewesen?«

An ihrem Körper klebt die Erinnerung an das Verbrechen des Verbrechers.

An ihrem Körper klebt der Geruch vom Feuer des Feuerwehrmanns.

Sie ist das Fleisch des Schlachters.

Sie ist der Klang der Gebete des Ablasspredigers.

Ihre Ehe endete an einem Tag in einer Woche in einem Monat in einem Jahr. Es war ein Moment, und sie wurde eins – ein Mensch statt ein Teil von zwei. In jenem Moment schloss sie die Augen und erinnerte sich an ihre Stimme am Tag ihrer Trauung, als sie sagte »Ja« und »Ich will!«.

»War es wirklich an einem Tag? In einem Moment? War das möglich? Kann man das Ende einer Liebe sehen, wenn es so weit ist, oder nur im Rückblick?«

Ihre Ehe endete im Frühling, als die ersten Aprilschauer auf die Stadt fielen und die Regentropfen auf den Feuerleitern rot vom Rost waren. Es war ein Tag, an dem die Stadt sich im neuen Frühling krümmt und knarrt und splittert.

An diesem Tag wusste sie, sie würde die Kerzen neben den Vorhängen brennen lassen, würde barfuß laufen, mit Streichhölzern spielen, an Wände malen, die Finger in die Steckdose stecken, falschen Alarm schlagen, die Haustür offen lassen, über Rot gehen, im Dunkeln das Haus verlassen, mit einem Stift in der Hand laufen, falschen Alarm schlagen, Süßigkeiten von Fremden annehmen, falschen Alarm schlagen, hinter einem Pferd herlaufen und vor Anbruch des Tages das Haus verlassen.

Die Frau denkt an ihren Hochzeitstag, sie läuft durch die Straßen und schaut in den blauen Himmel zwischen den Häusern. An jenem Tag hat sie alles richtig gemacht und Unglück und Neid und den Zorn der Geisterwelt abgewehrt. Sie trug einen Schleier und in der Hand eine Kerze, um die Dämonen zu verscheuchen, die das Licht fürchten.

Am Hochzeitsmorgen stand sie unter der Chuppa, die Schutz und Obdach verspricht. Siebenmal umkreiste sie ihren Bräutigam, lief immer wieder um ihn herum wie um einen Baum, um Gott zu zeigen, was für eine wichtige Rolle ihr Mann in ihrem Leben spielt.

Die Frau hörte die Sieben Segnungen und sagte: »Gesegnet seist Du, Herr, unser Gott, König des Universums.«

Als sie dort unter dem Baldachin stand, dachte die Frau, ein Stück Stoff kann ein Stück Himmel sein kann ein Schleier sein kann ein Tempel sein kann eine Wolke sein. Sie hörte die Worte »Der Du alle Dinge zu Deiner Herrlichkeit erschaffen hast … der Du den Mann erschaffen hast … der Du den Mann nach Deinem Ebenbilde erschaffen hast … der Du Freude und Glück erschaffen hast … der Du den Bräutigam mit der Braut erfreust.«

Am Ende der Hochzeit zertrat ihr Mann das Weinglas, und obwohl er es in ein Taschentuch gewickelt hatte, flogen die Scherben in alle Richtungen. Ein paar Splitter und Scherben landeten auf ihren weißen Satinslippern. Die Frau wusste, sie war eine Braut, die durch die Ruine des Tempels lief.

DER RECHTSANWALT

Der Anwalt ist ein Mann mit einem Heer von Kleidern. Zwei Schränke und eine große Eichentruhe voller Hosen, Jacketts und Mäntel aus Leinen, Wolle und Baumwolle und blauen und weißen und blauweiß gestreiften Hemden. In einem der Schränke hängen zwei Krawattenhalter mit mehr als fünfzig Krawatten. Ein Smoking steckt in einem langen schwarzen Kleidersack.

Die Frau sieht sich die Sachen von weitem an. Wer in diesem Heer von Kleidungsstücken ist tapfer und ehrenwert? Wer sind die Krieger, die Soldaten und die Ritter? Welche Seiten hassen einander? Hassen die Dinner-Jackets die Sportsakkos? Wer von ihnen trinkt zu viel? Und wer ist der Junge, der zu jung für Whisky ist, aber alt genug zu töten? Wer singt das Kampflied? Und welcher ist der Dichter, der irische Dichter, der die Inschrift für den Grabstein schreibt?

Der Anwalt ist der Mann der Frau.

Wenn sie den Schrank öffnet, weht ihr ein kalter Luftzug entgegen, von Pullovern, die nicht umarmen können, Mänteln, die nicht marschieren und sie vor dem Feind beschützen können, Hemden mit Ärmeln, die niemals die Ärmel ihrer Blusen berühren. Er besitzt alle möglichen Stoffe, die ihrer beider Haut vor Berührung schützen.

Sie sieht die leeren Kleider über den Platz marschieren.

Die Frau ist Bibliothekarin. In einem Buch kann sie durch eine Straße an der Lower East Side in Manhattan laufen und ist in einem Moor, allein in der Abenddämmerung. In einem U-Bahn-Wagen sitzt sie im Salon. Auf dem Bürgersteig ist sie im Schlafzimmer und wird geliebt, und der Teppich ist die Heide, und die Bäume sind Männer, die sie lieben und sagen: »Ich werde dich durch das brennende Haus tragen.«

In Büchern sprechen die Schatten miteinander. In Büchern wächst Gras auf dem Küchenfußboden, eine Kerze ist ein Stück Mond, und in ihrem Apfel ist eine Wolke.

In Büchern wechseln die Jahreszeiten, als würde das Leben im Zeitraffer vorbeiziehen. Die Blätter werden braun und fallen, Blüten öffnen sich und verwelken. Es schneit. Es regnet. Die Sonne strahlt über ihr.

In einem Buch kann sie Feuer löschen und Verlorenes wiederfinden. In einem Buch kann sie noch mal die ersten Seiten lesen, bevor bestimmte Dinge passieren. Sie kann jederzeit zurück zu Seite 25 gehen und Seite 50 vergessen.

Sie denkt: »Ich muss nicht jedes Wort bezeugen.«

Die Frau arbeitet ehrenamtlich in der Ottendorfer Library an der 2nd Avenue.

Ihr Mann ist Anwalt. Sie stammen beide aus jüdischen Familien mit ukrainischen Wurzeln. Sie lernten sich als Studenten in der Bobst Library der NYU kennen. Tagelang sahen sie sich über den dreidimensional gemusterten Marmorboden kommen und gehen. Und sie verliebten sich auf einer Bank im Washington Square Park, während sie von weitem den Schachspielern in einem Krieg zwischen zwei Farben zusahen.

Während die Frau durch die Straßen läuft, weiß sie, dass er durch andere Straßen auf der Insel läuft. Seine Brogues treffen auf den Asphalt, sein Wintermantel flattert und wirbelt die Kälte auf. Er läuft an der Ecke auf und ab und wartet auf ein Taxi. Er holt den Chapstick aus der Tasche und schmiert sich die trockenen Lippen ein. Er presst die Hände zusammen und schaut auf seine Armbanduhr, die Armbanduhr seines Großvaters.

Wie oft hat sie die Reste vom Kerzenwachs aus den Kerzenhaltern geholt und ihm Salzwasser und bittere Kräuter hingestellt?

Wie oft hat sie den Neumond begrüßt und die Scharniere an den Türen geölt?

Sie denkt an ihr Schlafzimmer: ein Zimmer voller Stimmen, die über zwei Jahrzehnte miteinander sprachen. Ein Zimmer voller Herzschläge, Zellen und Atem. In einem Zimmer mit Türmen von Büchern zeugten sie ihre Tochter, wurden älter, waren krank.

Der Anwalt spricht über Rechtsfälle, das geltende Recht und die Geschichte des Rechts. Er interessiert sich für die *Mitzwot*, die mit dem Prozedere vor Gericht zu tun haben, und liest ihr die einzelnen Gebote vor.

Sie schließt die Augen und hört ihn lesen: »Ihr sollt in der Rechtsprechung kein Unrecht tun. Du sollst weder für einen Geringen noch für einen Großen Partei nehmen und vor niemandes Person dich scheuen. Du sollst das Recht des Fremdlings und des Waisen nicht beugen.«

Sie heirateten im Jahr des Klaus-Barbie-Prozesses in Lyon. Der Anwalt verfolgte die Verhandlung aufmerksam und war voller Bewunderung für Serge und Beate Klarsfeld. Es war außerdem das Jahr, in dem zum ersten Mal ein Täter mit Hilfe von DNA-Spuren verurteilt wurde.

»Beweismittel, die vorher unsichtbar waren, sind jetzt sichtbar: Hautzellen, Haare, Speichel. Es gibt kein Entkommen mehr«, sagte ihr Mann.

Die Frau fragt sich: »Wann genau wurde ich zur Lügnerin? Wann haben die Wörter ihre Herkunft verloren, gleich einem Aderlass, und wurden hohl und ohne Geschichte. Was passiert, wenn man den Wörtern die Bedeutung austreibt und sie nur noch leere Töpfe auf dem Herd sind, die das Haus mit Rauch erfüllen?«

Sie weiß, dass wenn man »Sorry« sagt, dann bedeutet das, ich bin im Schmetterlingskescher, und wenn man sagt, »Vergib mir«, bedeutet es, »Ich werde es wieder tun«.

»Wird er den Lügendetektor einsetzen? Wird er den Fachmann in den Gelben Seiten finden?«, fragt sie sich.

Die Wahrheit zu hören, kostet fünfhundert Dollar. Durch die Fingerspitzen misst der Lügendetektor Blutdruck, Puls und Atmung.

Sie stellt sich das Gerät auf dem Küchentisch vor. Während der Befragung wird sie »Liebe« sagen, aber ihr Körper wird ohne Liebe schreien.

Sie antwortet immer: »Ja, ich liebe dich.« Aber innerlich hört sie das Wort »Alarm«.

Beim Familientag in der Bibliothek las sie den Kindern vor, wie Pinocchios Nase jedes Mal wuchs, wenn er sagte: »Ich bin nicht aus Holz. Ich bin ein echtes Kind.« Der Junge war Ast, Stamm und Zweig, und durch ein Herz aus Bäumen floss kein Blut.

Jeden Freitag geht sie mit ihrem Mann abends essen. Sie sieht zu, wie er den blauen Büroanzug aus Merinowolle auszieht. Er sucht ein sauberes Hemd heraus und zupft dabei an seinen dichten schwarzen Ringellocken. Er zieht die Hose und das Jackett aus und hängt sie sorgfältig auf. Vor dem Hintergrund des Schrankes und den Reihen von Anzügen steht er flankiert von einem Regiment von Kleidern.

Der Anwalt setzt sich auf den Bettrand, schnürt die Schuhe auf, zieht sie aus und schlüpft in ein bequemeres Paar Loafer. Dann geht er in die Küche und gießt sich ein Glas Wasser ein. Er ist fast so groß wie der Türrahmen.

Die Frau sitzt auf der Bettkante und betrachtet die Büroschuhe des Anwalts, die schwarz glänzenden Schnür-Oxfords. Sie beugt sich vor und steckt die Hände in das warme Leder.

»Wo geht er hin?«

Sie tastet mit den Fingern das Innere der Schuhe ab.

»Lass uns los«, ruft der Anwalt aus der Küche.

Die Frau und der Anwalt gehen die Stufen hinunter und durch die Haustür nach draußen. Ihre Füße berühren den Bürgersteig der 7th Street zwischen 1st Avenue und Avenue A. Sie haben eine Wohnung in der Lower East Side gekauft, bevor es so teuer wurde. Es war das Jahr, als die Prozesse gegen die New Yorker Mafiosi Anthony »Fat Tony« Salerno und Carmine Peruccia auf allen Titelblättern waren.

Es ist ein Vorfrühlingsabend, und obwohl die Luft nur leicht kühl ist, steckt in den Häusern um sie herum und im Bürgersteig unter ihren Füßen noch der Frost aus den Wintermonaten.

Sie laufen zusammen Hand in Hand, wie Pferde, die seit vielen Jahren zusammen einen Karren ziehen. Sie marschieren im Gleichschritt, dabei schaukeln ihre Beine rhythmisch aufeinander abgestimmt durch die Luft. Diese Körper sind schon oft zusammen gelaufen, zur Ecke, zum Laden, zur Synagoge, ins Kino, auf den Horizont zu in Richtung Krankheit und Tod.

Ihre Schatten treffen auf den Boden oder auf die Mauern, es sind Schatten, die sich berühren, um an die Haut zu erinnern, die sich berührte.

Die Frau und der Anwalt laufen in Richtung Osten, vorbei an Boutiquen und einem großen Hund, der an einer Parkuhr angebunden ist. Ein Feuerwehrwagen rast vorbei, die Sirene heult und hallt zwischen den Brownstone-Häusern hin und her.

»Er fährt nach Osten, zum East River«, sagt der Anwalt, und sein Blick folgt dem leuchtend roten Feuerwehrwagen.

»Nach dem Essen könnten wir an den Fluss laufen«, erwidert die Frau. »Das haben wir ewig nicht getan.«

Die Frau sieht sich die Eingänge der Häuser an der Lower East Side an. Sie sieht die dicken Nägel, alt und verbogen, an denen früher die Mesusot hingen. Ein paar sind noch da, übermalt von Jahrzehnten von Farbe. Das Holzkästchen mit der Schriftrolle liegt darunter begraben. Manchmal, wenn die Frau allein unterwegs ist, geht sie zu einer Tür und berührt sie und küsst dann ihre Finger. Auf dem Papier stehen die Worte »Höre Israel! Der Ewige, unser Gott, der Ewige ist eins.«

Sie laufen zum Tompkins Square Park, vorbei am Odessa, wo der Geruch nach Ei vom Schabbat-Brot und nach Kohl und Kaffee aus dem Restaurant dringt.

Draußen auf dem Bürgersteig sitzen zwei Jugendliche, ein Junge und ein Mädchen, aneinandergelehnt mit einem Schild auf dem Schoß, auf dem steht: *Hungrig*. Sie sind dreckig und auf Drogen. Das Mädchen hat Shorts und ein ärmelloses T-Shirt an. Mehrere aufgeklappte Seiten der *New York Times* bedecken ihren Rücken und ihre nackten Schultern.

Der Anwalt bleibt stehen und gibt ihnen Geld. Der Arm des Mädchens, eine lange weiße Ranke, kommt unter der Decke aus Zeitungen hervor, sie hält die Hand auf, und die Frau sieht ihre blassblaue Handfläche.

»Danke«, sagt sie und schließt die Finger um den Zehn-Dollar-Schein. »Danke, Daddy«, flüstert sie noch.

Neben dem Restaurant ist ein Antiquariat. Draußen vor dem Laden stehen stapelweise orange Plastikkisten mit einem Pappschild, auf dem die Bücher für jeweils fünfzig Cent angeboten werden. Die Frau fühlt sich angezogen von dem Chaos vergilbter Taschenbücher, dem alten, muffigen Reisgeruch. In einer der Plastikkisten liegen hochhackige Drag-Schuhe in Größe zehn. Auf einem Schild vor der Kiste steht: *Diana-Ross- und Gloria-Gaynor-Schuhe für $ 2.*

Eine Frau schiebt einen Einkaufswagen mit aufgeblasenen Luftballons an ihnen vorbei.

Ein Mann kommt vorbei, in den Händen eine Hochzeitstorte mit zwei Plastiktauben in der Mitte.

Der Anwalt hält die Frau am Ellbogen, als sie das Restaurant betreten, in dem nur ein anderer Tisch besetzt ist. Von ihrem Platz aus sieht sie ein Wandbild, das sich über die ganze Länge erstreckt, in Erdtönen und hellem Grün. Es zeigt eine Landschaft im Süden Italiens. Zypressen und ein mit Weinreben überwachsenes Rankgerüst.

Der italienische Kellner, der schon seit Jahren dort arbeitet, stellt eine große Flasche Pellegrino auf den Tisch, dazu den üblichen Chianti.

Der Anwalt gießt ihnen beiden ein Glas ein. Die Frau trinkt schnell. Als das Glas leer ist, hält sie es dem Anwalt hin, damit er nachgießt.

»Na, na, nicht so schnell«, sagt er und gießt ihr ein zweites Glas ein. »Nicht so schnell«, wiederholt er. »Hungrig. Das stand auf dem Schild – das Schild, das die Jugendlichen hatten. Hast du das gesehen? Die sind bestimmt von zu Hause weggelaufen.«

Die Frau zieht den Ärmel ihres Pullovers hoch bis zur Schulter, sodass ihr linker Arm ein nackter, von der Sonne ausgeblichener Ast auf dem Tisch ist. Sie schaut runter auf das Muttermal, das sich wie ein blühender Baum über ihren Unterarm zieht.

Die Lügen, Kröten und Eidechsen schwappen aus ihrem Mund über den Tisch. Ihre Worte, eine Handvoll trockener Kiesel, fallen vor ihrem Kleid herunter.

Sie riecht das Parfüm an ihrem Körper und schmeckt Pfefferminzzahnpasta, Seife, Pfefferminzzahnpasta, Seife.

Die Frau denkt: »Ich habe unser Schicksal kaputtgemacht. Mein Arm sollte für immer auf deinem ruhen. Meine Beine sollten links, rechts, links, rechts bis zum blauweißen Horizont laufen. Ich habe dich vom Weg abgedrängt. Ich habe mein Schicksal kaputtgemacht, als hätte ich mir den Arm gebrochen.«

»Im Büro hieß es, in letzter Zeit hätte es mehrere Einbrüche gegeben, bei denen der Einbrecher die Feuertreppe hochgeklettert und durchs Fenster gestiegen ist«, sagt der Mann.

»Man glaubt immer nicht, dass jemand so etwas tun würde. Man ist ja völlig exponiert. Jeder sieht doch, wenn jemand an einem Haus hochklettert. Natürlich machen die Leute das wahrscheinlich nachts. Aber diese Einbrüche fanden am helllichten Tag statt, was ungewöhnlich ist. Haben sie jedenfalls im Büro gesagt«, sagt er.

»Wirklich, am helllichten Tag?«

»Er hat niemanden verletzt, aber er hat die Bewohner gefesselt, die Telefonleitung durchgeschnitten und ihnen die Handys gestohlen.«

»Am helllichten Tag? Bist du sicher?«

»Eine Frau musste sich auf einen Küchenstuhl setzen und eine Tasse Kaffee trinken. Sie haben die ganze Zeit geredet.«

»Worüber haben sie geredet?«

»Ah, komisches Zeug, stand in der *Times*. Der Einbrecher glaubte an Wahrsager und Tarotkarten und trug eine schwarze Kapuze. Er hatte Isolierband um die Fingerspitzen geklebt.«

»Einmal ist ein Ballon durchs Fenster in unsere Wohnung geflogen. Erinnerst du dich daran?«, fragt die Frau.

»Ja. Wie könnte ich das vergessen?«

Sollte sie sagen: »Danke, dass du dich daran erinnerst«? Sie hat mal eine Geschichte über eine Frau gelesen, die dauernd »Danke« sagte.

Der Anwalt greift nach der Hand seiner Frau und küsst die Innenseite.

»Riecht er die Seife an meiner Hand?«, fragt sich die Frau.

»Achtest du darauf, dass das Fenster verriegelt ist?«, fragt er. »Das solltest du. Wir sollten es.«

»Nein. Es ist immer unverriegelt. Was, wenn es brennt?«

Sie glaubt, ihr Schatten habe vom Lügen eine andere Form angenommen und nicht mehr die Form einer Frau. Er hat jetzt die Form eines Baums. Die Lügen machen sie durchsichtig, als würde die Sonne durch sie hindurchscheinen und die Umrisse ihrer Arterien und Venen abbilden.

Sie weicht von seiner Seite, verlässt den Raum, die Wohnung, ihr Leben, das Abendessen, auch wenn sie eigentlich dort sitzt. Sie denkt: »Im Leben rechnet man nie mit dem, was passiert.« Er hat sie verloren wie einen Penny, einen Hut, einen Strumpf.

»Wie viel muss man vergeben?«, fragt sie.

»Ich bin Anwalt. Es gibt keine Vergebung, nur Gerechtigkeit.«

Sie denkt: »Ich bin das Eis des Eismanns, der Strich des Strichmännchens, der Lumpen des Lumpenhändlers.«

»Die Strafe entspricht dem Vergehen. Das Gesetz der Gleichwertigkeit«, fügt ihr Mann hinzu.

»Oh, natürlich. Hand um Hand. Leben um Leben.«

»Was immer er getan hat, muss auch ihm angetan werden«, sagt der Anwalt.

»Ja«, antwortet sie. »Kein Geheimnis ist sicher.«

Sie berührt die Schulter ihres Mannes, als wäre er eine Mesusa, und küsst dann ihre Fingerspitzen.

Als ihr Mann in jener Nacht schläft, steht sie auf.

Sie läuft leise durch die Wohnung und denkt, sie sollte Dinge küssen, die keine Körper sind. Sie küsst die Lehne eines Schaukelstuhls und eine Wand. Hätte sie einen Garten, würde sie die Bäume und die Pflanzen und Blumen küssen. Sie geht zum Fenster. Sie sieht durch den Feuertreppenabsatz hindurch nach unten auf die Straße. Sie küsst die Fensterscheibe.

Einen Moment lang denkt sie, dass nachts, nach Mitternacht, das Wohnzimmer in einem anderen Land liegt als das Schlafzimmer.

Im Gebäude direkt gegenüber steht ein großer Mann am offenen Fenster. Er hat schwarze Haare und trägt einen dunklen Anzug. Durch das Gewirr von Bäumen und Feuertreppen kann er sie sehen. Sie macht die Lampe neben dem Fenster an und bleibt dort stehen, damit er sie anschauen kann. Sie gibt sich nicht seinem Mund und seinen Händen hin. Er wird niemals ihre Stimme und das Wort »Ja« hören.

DER ARZT

»Ich bin die Reise des Reisenden«, denkt die Frau. »Ich bin eine Lügnerin, die sagt, ich gehe zur Arbeit, dabei gehe ich zum Markt. Ich bin die Lügnerin, die sagt, ich gehe nach Hause, dabei fühle ich mich, als hätte ich kein Zuhause.«

Ein neuer Tag bricht an, und als die Frau aus dem Haus geht, tritt sie durch die Tür, und der Türrahmen ist ein Übergang. Erst geht ihr linkes Bein, sodass sie einen Moment lang sowohl drinnen als auch draußen ist, als wäre ihr Körper in der Mitte durchgeschnitten. Das ist der Beginn der Reise. Das Schicksal ist ihr Begleiter. Die Richtung, die sie einzuschlagen glaubte, die Pläne, die sie hatte, werden nicht befolgt. Jeder Reisende weiß, dass man auch an Land ertrinken kann.

Als Erstes ist da St. Stanislaus, die Polnisch-Orthodoxe Kirche, an der auf einem Schild steht: *Fahrräder am Kirchentor anschließen verboten.*

Sie läuft los durch den dichten Wald der metallenen Feuertreppen. Große schwarze Mülltüten, schwarze Felsbrocken aus der Eiszeit, stehen haufenweise herum.

Männer und Frauen in Anzügen und Kostümen laufen mit Aktentaschen vorbei. Zwei in Weiß gekleidete Krankenschwestern überqueren die Straße und steigen in einen Bus.

Das frühmorgendliche Rattern der Ladenbesitzer, die ihre Gitter hochrollen, vermischt sich mit dem Maschinengewehrlärm eines Bohrhammers, der zwei Straßen weiter durch den Zement eines Bürgersteigs bricht. Der Boden vibriert.

In manchen Straßen stehen neben dem Müll und den Hydranten Sperrmüllmöbel auf dem Bürgersteig. Die Sofas und Stühle verwandeln die Straßen in entwurzelte Wohnzimmer. Ein Mann sitzt auf einem Sofa und liest Zeitung. Er trinkt einen Kaffee in einem Haus ohne Wände.

Vor ein paar Stunden hat sie der Lärm des Müllwagens vor ihrem Fenster geweckt. Sie lag mit geschlossenen Augen im Bett und dachte: »Wo kann ich meine Wange anlehnen? Ich finde hier keinen Bügel, an den ich meine Arme hängen, keinen Schrank, in den ich meine Beine legen könnte, keine Schublade für meine Hände. Wenn ich schlafen gehe, habe ich meinen Körper noch an.«

Als sie aufstand und sich das Gesicht wusch, sah sie in den Spiegel und dachte: »Taten folgen Worte. Worten folgen Taten.«

Die Frau läuft in Richtung Gem-Spa-Kiosk Ecke 2nd Avenue und St. Mark's Place, vorbei an dem koreanischen Obst-und-Gemüse-Händler, wo ein Mann die Tageszeitungen zu zwei Stapeln sortiert.

Sie kommt an der Tile Bar Ecke 7th Street vorbei, die Bar ist zu und dunkel, nur die Jukebox leuchtet schwach.

Sie geht in den Kiosk und bestellt bei dem alten Mann hinterm Tresen eine Schoko-Egg-Cream. Zwei Teenager kommen hinter ihr rein und kaufen Bambu-Blättchen.

An der Wand hängt ein Foto von den New York Dolls von 1973, wie sie vor dem Kiosk stehen.

Die Pornohefte sind in durchsichtige Plastikhüllen verpackt. Auf den Covern stehen die Titel *VA VA Voom, Sexbomb, Velvet, Blonde Heat* und *Eye Candy*.

Es gibt auch ausländische Pornohefte. Zum Beispiel *Lemon People* aus Japan, *Hombre* aus Mexiko und *Matador* aus Deutschland. Auf den Covern wird mit den Fantasien geworben, die man im Heft findet: die Krankenschwester, die Stewardess, die Polizistin, die dicke Frau aus dem Zirkus, die Puppe, das Dienstmädchen und die Meerjungfrau.

»Hier ist Ihre Egg-Cream«, sagt der Mann hinterm Tresen. Die Frau zahlt und nimmt den Pappbecher vom Tresen.

Knapp über dem Boden steht eine Reihe von Comics im Regal: *Archie*, *Superman* und japanische Mangas. Auf dem Cover von *Sabrina, the Teenage Witch* ist eine Zeichnung von einem Mädchen auf einem Besenstiel, das über die Skyline von Manhattan fliegt. Über dem Empire State Building sind zwei runde Monde abgebildet. Die Hexe winkt.

Die Frau geht durch St. Mark's Place in Richtung Westen. Einen Moment lang erzittert die Stadt, als die U-Bahn unter der Straße durchrast.

Ein gelbes Taxi hält an der Ampel, mit einem Liebespaar auf dem Rücksitz. Eine junge Frau mit schwarzen Locken sitzt auf dem Schoß des jungen Mannes. Sie sitzt rittlings auf ihm wie auf einem Pferd, in Fahrtrichtung. Ihre Lippen sind blutrot, fast schwarzrot geschminkt. Der junge Mann hat die Augen geschlossen. Er drückt das Gesicht in den Rücken der Frau und hat die Arme um sie geschlungen. Seine Hände verschwinden unter ihrem Pullover und umfassen ihre Brüste. Die junge Frau hat den Kopf zurückgeworfen, wie ein Vogel, der Wasser schluckt. Die Frau hört die männliche und die weibliche Stimme durch das offene Taxifenster. Ihre Stimmen vermischen sich auf Spanisch, »Tú. Tú. Tú«.

Als die Ampel umspringt und das Taxi losfährt, sieht die Frau zur Feuertreppe hoch. Im dritten Stock eines Brownstone-Hauses ist ein Fenster offen, ein Mann lehnt sich heraus und sieht hinunter auf die Straße. Er ragt mit dem ganzen Oberkörper aus dem Fenster und schüttelt eine weiße Tischdecke aus. Brotkrumen flattern wie Schneeflocken hinunter.

Die Frau kommt an einem Café und dem Duft von Kaffee und Bacon vorbei und dann an einem Waschsalon, aus dem es nach Chlor und Waschmittel riecht. Sie läuft an einem indischen Restaurant und den sanften Klängen einer Sitar vorbei. Ein Kellner fegt den Bürgersteig.

Am Astor Place bleibt sie stehen und sieht sich die Waren der Straßenverkäufer an. Auf einer Decke auf dem Bürgersteig liegen zwischen alten Türgriffen eine Platte von den Doors und eine von Arthur Rubinstein, auf der er Beethoven spielt.

Der Verkäufer, ein dünner, elegant gekleideter Mann in abgetragenem Anzug und Krawatte, kommt auf die Frau zu und sagt: »Hey, schöne Frau. Was darf's sein? Heute alles im Angebot.« Er hat ein langes, knochiges Gesicht, eine schmale Nase und tiefe dunkle Augen mit dichten schwarzen Wimpern.

»Nein, danke. Ich schau nur. Ich gehe nur spazieren.«

Er tritt auf sie zu.

»Aber nichts stehlen«, knurrt er.

Er ist so nah, dass sie Pappe und Farbe in seinem Atem riecht.

»Nein«, sagt die Frau. »Ich stehle nicht.«

»Jeder stiehlt.«

Als sie sich umdreht und gehen will, hat sie den Geschmack von Egg-Cream im Mund. Ihre Zunge ist mit süßer brauner Schokolade überzogen.

»Na, haben Sie es eilig?«, fragt er und kneift die Augen zusammen. »Was haben Sie denn angestellt?«

»Ja, ich habe es eilig.«

Der Mann hält sie fest, indem er ihr die Hand auf den Arm legt.

»Nur eines noch, bevor Sie gehen, Miss«, sagt der Mann. »Es kann sehr interessant sein zu sagen, es täte einem leid, obwohl der andere Schuld hat. Das wollte ich Ihnen nur noch mit auf den Weg geben.«

»Warum erzählen Sie mir das?«

»Auch wenn die Leute nichts kaufen, gebe ich ihnen immer einen Rat mit. Die Secondhand-Sachen verkaufe ich, aber meine Ratschläge sind umsonst. Was mir gerade so einfällt. Also, laufen Sie durch die Gegend und erzählen Sie den Leuten, es täte Ihnen leid.«

Am Astor Place wirft die Frau ihren leeren Egg-Cream-Becher in eine Mülltonne, aus der Zeitungen und Plastikflaschen quellen.

Die Frau läuft nach Osten in Richtung Fluss. Vorbei am Charlie Parker Place. Zwischen Avenue B und Avenue C sieht sie ein Schild an der Baptistenkirche, darauf steht: *Graffiti Church*. Auf einem anderen, längeren liest sie die Worte: *Wegen Mitarbeitermangel fällt der Graffiti-Kurs am Montag aus.*

Vor der Alphabet Lounge bleibt sie stehen und schaut durch die Tür in die dunkle Bar. Draußen ist Tag, und in der Bar ist Nacht. Es ist niemand da, bis auf einen Mann, der an einem Tisch am Fenster sitzt, und den Barkeeper, der mit verschränkten Armen hinterm Tresen lehnt. Die roten PVC-Bänke und Kerzen färben den Raum rot. Eine mit rosa Licht bestrahlte Diskokugel dreht sich und verwandelt die Bar in eine Galaxie aus Spiegeln und Licht.

Die Frau geht rein und setzt sich auf einen Barhocker. Sie bestellt einen Whiskey pur, während aus den Boxen The Cure erklingt: »*Come closer and see, see into the trees, find the girl while you can …*«

Der Mann am Fenster trägt einen weißen Laborkittel und hat kurze schwarze Haare und eine runde Drahtgestellbrille. Er blickt hoch und sieht, dass sie ihn ansieht. Der Arzt steht auf und geht durch den Raum auf sie zu. Er setzt sich auf den Hocker neben ihr.

»Es stört Sie doch nicht, wenn ich mich zu Ihnen setze?«, fragt er. Die Brille umrahmt seine freundlichen braunen Augen. Wangen und Stirn sind mit kleinen Windpockennarben gesprenkelt.

»Bitte sehr.«

Er streckt den Arm aus und gibt ihr die Hand. Ein paar Sekunden lang hält er ihre Hand in seiner.

Sie kann die weißen Buchstaben auf seinem Namensschild lesen. Sie streicht sich mit der Hand über die Wange und holt tief Luft. »Bitte«, sagt sie noch mal und nimmt einen großen Schluck von ihrem Whiskey.

»Sieht aus, als könnte es noch regnen«, sagt der Arzt.

Die Frau legt die Hände in den Schoß, streift vorsichtig den goldenen Ehering von ihrem linken Ringfinger und steckt ihn in die Jeanstasche. Sie hört die Worte von ihrer Hochzeit: »Mit diesem Ring bist du mir versprochen.«

Im dunklen roten Licht der Alphabet Lounge blickt sie hoch zur Diskokugel, die sich über ihnen dreht, und muss an die Chuppa über ihrem Kopf denken.

»Ich kann Ihr Herz schlagen hören«, sagt der Arzt. »Ich sitze hier neben Ihnen und höre Ihr Herz schlagen. Ich kann den Puls an Ihrem Hals sehen.«

»Ist das wahr?«

Er riecht nach Seife und Talkumpuder, nach Medizin und Listerine.

»Ja. Es hat Jahrhunderte gedauert, bis die Menschen herausfanden, dass der Puls der Herzschlag ist.«

»Was trinken Sie?«

»Wodka.«

»Trinken Sie immer morgens?«, fragt die Frau. »Es ist immerhin noch morgens.«

»Nein. Sie?«

»Nein. Sonst nie. Niemals. Was für ein Arzt sind Sie?«

»Ich bin Kardiologe. Was machen Sie?«

Die Frau denkt: »Ich bin die Ehre des Ehrenmanns.«

»Ich arbeite in einer Bibliothek.«

»Schreiben Sie auch Bücher?«

»Nein, Bücher nicht. Ich schreibe meine Gedanken auf – es sind Gebete oder Meditationen. Ich schreibe ständig Briefe, schicke sie aber nie ab.«

Der Arzt bestellt eine neue Runde. Frank Sinatras Stimme schallt durch die Bar: »*Taller than the tallest tree, that's how it's got to feel.*«

Der Arzt nimmt noch einen Schluck von seinem Drink und berührt die Frau an der Schulter. »Was machen Sie?«, fragt er.

»Ich bin Bibliothekarin.«

Die Frau denkt: »Ich habe die Liebe zu meinem Mann abgestreift wie ein Kleid. Ich habe eine Pfütze aus Liebe auf dem Boden hinterlassen.«

Der Arzt dreht sich nach zwei Männern um, die in die Bar kommen. Sie reden laut und wirken aufgeregt. Sie setzen sich auf die Barhocker neben sie und den Arzt. Einer der Männer hat rote Locken und trägt einen alten grauen Anzug. Der andere trägt einen blauen Anzug, sein schütteres Haar endet in einem kurzen dicken Pferdeschwanz. Der Barkeeper stellt ihnen zwei Budweiser hin. Man merkt, dass er das jeden Tag tut. Er fragt nicht mal, was sie haben wollen.

»Vielleicht sollten wir gehen«, sagt der Arzt leise. »Bitte begleiten Sie mich in meine Praxis. Sie ist gleich die Straße runter.«

Die Frau denkt: »Ich folge dir wie ein Lamm, wie Ruth.«

»Im Medizinstudium musste ich in einem Hörsaal obduzieren«, fährt er fort und leert sein Wodkaglas. »Einmal passierte etwas Besonderes. Als ich hinkam und das Tuch weggezogen wurde, lag dort der Körper einer wunderschönen jungen Frau.«

»Ist das eine wahre Geschichte?«

»Ja. Und im Tod war sie eine Statue. Eine Marmorplatte. Mein Professor meinte, wir dürften sie nicht anrühren«, sagt der Arzt. »Wir haben sie wieder zugedeckt und sind gegangen. Wahrscheinlich hat es dann ein anderer Kurs gemacht.«

Nachdem der Arzt ihre Getränke gezahlt hat, brechen sie auf.

Als sie die Straße entlanggehen, läuft ein junges Paar direkt vor ihnen. Der Mann und die Frau haben die Arme umeinandergelegt, und ihre Hände stecken jeweils in den Jeanstaschen des anderen. Ab und zu drehen sie sich zueinander um und küssen sich. Der Mann hat Flecken und Streifen vom roten Lippenstift der Frau auf den Lippen, den Wangen und am Hals.

Am Tompkins Square Park sagt der Arzt: »Wir sind da. Das ist meine Praxis. Kommen Sie mit hoch?« Er holt seinen Schlüssel aus der Tasche. Die Frau betrachtet die Feuertreppe, die sich an der Backsteinmauer hochschlängelt. Über einem Geländer trocknen Babyklamotten in der Sonne.

Sie steigen die Stufen eines roten Brownstone-Hauses hinauf.

»Es gibt keinen Fahrstuhl«, sagt der Arzt.

Sie gehen hoch in den zweiten Stock und betreten eine kleine Praxis. Im Raum stehen ein Metalltisch mit Alkoholflaschen und Instrumenten aus Stahl sowie ein Behandlungstisch. Das Regal an der Wand ist voll mit medizinischen Büchern. Der Arzt öffnet das Fenster, sodass die Geräusche der Stadt hereindringen. Die schrille Sirene einer Feuerwehr vermischt sich mit dem Lärm der Kinder aus dem Park.

Er legt ein sauberes Tuch auf den Behandlungstisch.

Er holt ein Stethoskop aus der Schublade.

»Ich muss Ihr Herz abhören«, sagt er und wickelt sich das Stethoskop um die Hand.

»Soll ich mich hinlegen?«, fragt die Frau.

»Stellen Sie sich vor, das Herz ist der Kaiser oder König, und das Gehirn ist der Richter, der Stabschef und der Leutnant«, sagt er. »Die Nerven sind die Minister und die Muskeln die Bürger und Arbeiter. So sah es der große Harvey.«

»Sehen Sie das auch so?«, fragt die Frau.

»Nein, gar nicht. Aber es steckt ein Fünkchen Wahrheit darin«, antwortet der Arzt. Er schaltet eine Lampe in der Ecke an.

Diverse Diplome hängen an der Wand. Neben dem Fenster hängt eine gerahmte Kopie vom Eid des Hippokrates. Die Frau geht auf die Worte zu und liest laut: »Ich schwöre bei Apollon, dem Arzt, und Asklepios, Hygeia, Panakeia, sowie alle Götter und Göttinnen als Zeugen anrufend, dass ich …«

»Bitte nicht alles vorlesen«, unterbricht sie der Arzt. »Das reicht. Kommen Sie, legen Sie sich hin.«

»Mussten Sie das auswendig lernen?«

Er kommt auf sie zu, nimmt ihre Hand und zieht sie in Richtung Behandlungstisch. Er hilft ihr, den Pullover auszuziehen. Sie legt sich hin, und er schließt mit den Fingerspitzen ihre Augen, schiebt vorsichtig die Lider nach unten. Er bittet sie stillzuhalten, hält sie am Handgelenk, drückt die Finger auf die Haut, spürt den Puls und zählt.

Als er fertig ist, setzt die Frau sich auf. Langsam knöpft er die sieben Knöpfe ihrer Bluse auf und hilft ihr, sie auszuziehen. Der Arzt legt seine Hände auf ihre Brust und berührt die Haut am Hals und an der Brust, fährt über ihren Körper nach unten und tastet dann das Abdomen ab. Seine eine Hand bedeckt ihren gesamten Bauch.

Als er fertig ist, sagt er: »Atmen Sie tief ein. Ich höre jetzt Ihr Herz ab.«

Der Arzt hängt das Stethoskop um und steckt sich die schwarzen Plastikstöpsel in die Ohren.

Der Frau treten die Tränen in die Augen. Eine Träne läuft über die Schläfe und in ihr Ohr.

»Weinen Sie? Nicht weinen, bitte«, sagt er.

»Tut mir leid. Verzeihung«, erwidert die Frau.

»Was ist los?«, fragt der Arzt und greift nach ihrer Hand.

»Ich bin nicht mehr jung und schön. Das macht mich traurig. Es tut mir wirklich leid«, sagt die Frau.

Sie denkt: »Ich bin ein zerbrochenes Glas. Ich bin keine hübsche blühende Ringelblume. Ich liege hier wie ein alter Blumenstrauß.«

»*Amor vincit omnia*«, sagt der Arzt.

»Nein, nicht mehr. Aber keine Sorge. Es war nur eine erste kleine Träne, die wie ein Vogel aus dem Käfig entwischt ist. Es wird nicht wieder passieren.«

»Darf ich jetzt«, sagt der Arzt, nimmt das Bruststück und setzt es auf die Haut über ihrem Herzen.

Die Frau sieht den Arzt an. Sie spürt ihren Herzschlag durch das kalte Metall pochen, durch die Schläuche des Stethoskops und in die Ohren des Arztes, als wären ihre Körper durch äußere Arterien miteinander verbunden. »Wird er eine Diagnose stellen? Hat er ein Gegenmittel?«, fragt sie sich. »Sieht er, dass ich die ›*War das jetzt schon alles*‹-Krankheit habe?«

Während der Arzt auf Verlauf und Frequenz ihres Herzschlags horcht, sagt er: »In seinem Buch beschreibt Harvey das Herz als das von Geistern getränkte, innerste Zuhause des Körpers.«

Die Frau fragt sich: »Wer ist seine Frau? Wen liebt er?« Sie stellt sich seine Sekretärin vor, eine Stewardess, vielleicht eine Krankenschwester, eine andere Ärztin oder eine verheiratete Frau. Die Frau tritt in die Schuhe dieser Frau, sie schlüpft in sie hinein. Sie schläft im Bett der Frau und isst von ihren Tellern. Sie riecht Parfüm. Die Hände der Frau schubsen sie von hinten, schubsen sie vom U-Bahnsteig auf die Gleise. Oder fällt sie auf die Gleise?

»Es gibt eine Sprache der Herztöne. Es ist wie Musik. Die Ärzte horchen auf den Rhythmus, die Tonhöhe und den Klang«, sagt der Arzt.

Er setzt ihr das Stethoskop auf den Arm, und sie fragt sich, ob er die U-Bahn durch den Tunnel kommen hört.

Er setzt ihr das Stethoskop auf den Hals, und sie fragt sich, ob er das Kreischen der U-Bahn-Bremsen hört. Sie sieht, dass einer ihrer Schuhe noch auf dem Bahnsteig steht.

Während er sie abhorcht, sagt er: »Das Blut zirkuliert ohne Unterbrechung durch den Körper. Es hat lange gedauert, bis wir das begriffen haben. Harvey hat auf dem Markt in Padua lebende Fische und Aale gekauft, um sich ihre Herzen anzusehen. Außerdem hat er die Herzen von Vögeln und Säugetieren untersucht. Und sogar die von Hühnerembryos, gleich nachdem er die Eier zerbrochen hatte, damit sie noch schlugen.«

Der Arzt setzt ihr das Stethoskop auf den Bauchnabel.

»Ich horche auf Herzgeräusche. Klicken oder Galopptöne«, erklärt er.

Die Frau fragt sich, ob er Tassen und Teller zu Bruch gehen hört, brennende Möbel und Kleider, marschierende Stiefel und das Geräusch, wenn die Sabbatkerzen ausgepustet werden. Sie fragt sich, ob er einen Besen fegen hört.

Der Arzt wendet sich ab.

»Ich würde Sie auch gern abhorchen«, sagt die Frau.

»Ja, natürlich.«

Der Arzt nimmt das Stethoskop ab und steckt es ihr in die Ohren, und während er sich über sie beugt, als würde er fast schon auf ihr liegen, drückt er das runde Metallstück auf sein Herz, damit sie ihn abhorchen kann. Sie hört seinen schnellen Herzschlag und Meerwasser, das verdampft und Wolken bildet, bis es auf Hügel regnet und zu Schnee wird. Dann hört sie den Schnee schmelzen und in Flüssen zurück ins Meer fließen.

»Ich muss den Atem anhalten, damit Sie es besser hören können«, erklärt der Arzt.

Sie hört seine Stimme durch das Stethoskop. Sie klingt tief und verzerrt, wie sie durch die Schläuche kommt und sich mit den Geräuschen von seinem und ihrem Herz vermischt.

»Dann tun Sie das.«

Der Arzt hält den Atem an.

Sie horcht auf das Auf und Ab und sagt: »In Ihrem Körper höre ich Schnee fallen und Schmetterlingsflügel.«

»Stimmt es, dass Ärzte, beziehungsweise Chirurgen, manchmal ihre Eheringe in Patienten liegen lassen?«, fragt die Frau. »Das habe ich mal gehört.«

»Ich habe von Instrumenten und Schwämmen gehört, aber noch nie von einem Ring. Ärzte müssen ihre Ringe vorher abnehmen. Und die Instrumente sollten nach der Operation eigentlich gezählt werden. Aber doch, so was ist bestimmt schon passiert.«

»Klingen wir alle unterschiedlich? Klingen alle Menschen unterschiedlich?«

»Ja.«

»Doktor, sind Sie ein Traum?«, fragt die Frau.

Er zögert keinen Moment. Der Arzt streift seinen Ehering vom Finger, nimmt ihre Hand und steckt ihn auf ihren Finger. Das Gold ist warm.

Er sagt: »Jetzt wissen Sie, dass ich kein Traum war.«

DER DICHTER

Die Frau geht vom Tompkins Square Park durch die 6th Street in Richtung Westen. Ihre Gedanken vermischen sich mit den Stimmen um sie herum. Als sich eine riesige weiße Wolke vor die Sonne schiebt, wird es dunkel. Die Schatten verschwinden. Die Frau merkt, dass sie automatisch zur Bibliothek in der 2nd Avenue geht, also dreht sie um und läuft zurück zum Tompkins Square Park.

Eine kühle Brise weht durch die Straßen. Als sie die kalte Luft auf der Haut spürt, merkt die Frau, dass sie ihren Pullover in der Arztpraxis vergessen hat.

Vor dem Eingang parkt ein dunkelgrüner Kombi mit Jesusbildern in den Fenstern und den Worten Divine Mercy auf die Seite gemalt. Daneben ist ein Schild aufgestellt, auf dem steht: *Seid gnädig, denn auch unser Herr ist gnädig*. Ein Mann verkauft Rosenkränze. Er hat sie über die Arme gehängt, sodass sie aussehen wie Ärmel aus Perlen.

Aus der Ferne erklingt ein leises Heulen, das immer lauter wird. Eine Straße weiter, in der 1st Avenue, kommt die Feuerwehr angefahren. Die Frau schaut an den Häusern hoch, um zu sehen, ob sie irgendwo Rauch sieht.

Sie denkt an ihre Urgroßmutter Annie Cohen, die 1892 bei der Massenpanik in der Synagoge umkam. Sie hat es in den alten Zeitungen in der Bibliothek gelesen: *23. September. Es gibt vier jüdische Synagogen in dem Mietshaus in der Ludlow Street 27. An diesem Morgen drängten sich dort fromme Juden zum Neujahrsgottesdienst, als in einem der Gotteshäuser jemand Feuer rief. Sofort brach Panik aus, alles eilte in Richtung Ausgänge. Das Feuer wurde durch eine Kerze ausgelöst, die ein Stück Tuch über dem Altar der Synagoge in Brand setzte. Ein Großteil der Menschen entkam über die Feuertreppen im ersten Stock und sprang von dort auf die Straße.*

Die Feuerwehr rast nach Uptown auf den Harlemer Horizont zu.

Die Frau geht vorbei an einem Vater und seiner Tochter, die Schach auf einem kleinen Brett auf einer Parkbank spielen. Beide haben Sommersprossen, hellbraunes Haar und blaue Augen. Die Frau sieht, wie der Mann einen Springer bewegt. Während das Mädchen wartet, bis sie dran ist, hält sie eine Rose in der Hand und zupft sie gedankenverloren auseinander. Rote Blüten liegen um die beiden herum auf dem Boden.

Auf einer Bank in der Nähe sitzt ein großer Mann mit glatten blonden Haaren, die ihm bis an die Schultern reichen. Er hält ein Buch in den Händen. Hin und wieder fallen ihm die Haare ins Gesicht, dann hebt er den Kopf und schüttelt sie zurück. Er bewegt die Lippen, während er die Worte überfliegt.

Die Frau erinnert sich, wie sie zum ersten Mal leise gelesen hat und in dem Moment ihren Verstand als Teil ihres Körpers begriff.

»Wollen Sie wissen, was ich lese? Gedichte, Schätzchen«, sagt er. »Ich habe gelernt, dass man Gedichte lesen muss, um die Sonne aus dem Kopf zu holen.«

Seine Stimme schmeckt nach etwas. Während er spricht, schmeckt sie verbrannten Zucker und verbrannte Äpfel. Der Dichter sieht gut aus, er hat dunkelblaue Augen mit weißen Punkten.

»Es ist so schön warm heute, da bin ich zum Lesen rausgekommen«, sagt der Dichter und klappt sein Buch zu. »Aber vielleicht leisten Sie mir stattdessen Gesellschaft. An manchen Tagen ist es, als würde einfach alles niederknien: die Bäume, die Autos, sogar die alten roten Hydranten«, sagt er.

Die Frau setzt sich neben ihn. Sie riechen das Buch: Papier, Leinen, Tinte, Leim und Bindfaden vermischen sich mit seinem Geruch nach Zitrone und Heu.

»Ich habe auf Sie gewartet wie ein Mann, der darauf wartet, dass etwas wächst oder dass eine Krankheit vorübergeht. Ja, das Warten auf Sie war eine Zeit der Genesung.«

»Ja, ich weiß«, erwidert die Frau.

»Cherie, ich bin Dixie aus Louisiana, wir sagen immer, wenn du lange genug auf eine Frau wartest, kommt sie auch. Und glaub ja nicht, in Louisiana gäbe es nur Gauner und Taugenichtse und Erpressung und Bestechung. Wir sind gute Menschen«, sagt er.

Die Frau will sich vorbeugen und den Mann mit dem verbrannten Zucker schmecken.

Ihr nackter Arm in der hochgekrempelten Bluse lehnt an seinem Arm im roten T-Shirt. Sie sind Fremde, die nebeneinander im Bus zu ihrem Leben sitzen. Ihre Oberarme berühren und reiben sich wie Ruder in einem festvertäuten Boot. Ihre Haut an seiner Haut ist Papier, Pergament und Panzer. Sie horchen auf den Bienenstock im anderen.

Und ihre nackten Arme sprechen miteinander. Sein Arm erzählt ihr vom Krieg, von Verletzungen und Landminen. Der Arm der Frau erzählt von der Bibliothek und den Büchern, die sie am liebsten mag und warum sie Janie und Tea Cake über die Seiten von *Vor ihren Augen sahen sie Gott* folgt, als wären die Sätze Bahngleise. Sie sagt, wie leid sie dieses Zehenspitzen-Leben ist, dieses Leben aus Leinenservietten und Bitte und Danke. Manche Menschen riechen nach den Pappkartons, in denen sie leben. Sie sagt, sie will das Gefühl haben, zu groß für sich zu sein. Und sie sagt, es stimmt, es stimmt wirklich, ich habe Bäume geliebt, als wären es Männer.

Säßen sie in einem Wald, würden sie die Arme ausstrecken, den Bogen spannen und einen Pfeil abschießen.

Er formt die Worte mit den Lippen. Die Frau hört keinen Laut. Sie hält ihm die Hand auf den Mund, sodass er die Worte in ihre Hand spricht. Seine Lippen auf ihrer Hand fühlen sich an, als würden sie sagen, »Spiegel im Wasser, Spiegel im Meer«.

Sie weiß, dass seine Haut schmeckt wie er.

»Ich hab's dir gesagt. Ich bin aus Louisiana, wir lesen Gedichte, um die Sonne aus unseren Köpfen zu holen. Glaubst du an deinen Körper oder an deinen Geist?«

Die Frau schließt die Augen vor der Aprilsonne, die ihnen jetzt direkt ins Gesicht scheint.

Der Mann beugt sich vor und drückt seine Lippen auf ihren Kopf. Er küsst sie auf die Stirn und die Wangen. Dann nimmt er ihre rechte Hand und steckt ihre Finger in den Mund.

»Kannst du morgen wiederkommen?«, fragt er. »Ich muss wieder an die Arbeit.«

»Ja. Ich komme wieder.« Die Frau steht auf. »Was arbeitest du?«, fragt sie.

»Ich verkaufe Gras«, sagt er und lächelt, er greift in die Jackentasche und holt einen kleinen Beutel heraus. »Hier, ein Geschenk für dich. Willst du?«

»Ja«, antwortet sie.

Die Frau senkt den Blick, öffnet den Druckverschluss und betrachtet die zerkleinerten braungrünen Blüten, die kleinen harten Samen und die fünf weißen Papers. Sie atmet die ausgedörrten Felder Mexikos ein.

Der Dichter will gehen. »Versprich mir, dass du morgen wiederkommst. Wir unternehmen etwas. Wir laufen zum Fluss oder fahren zur Freiheitsstatue.«

»Ja, ich verspreche es.«

»Gegen zwölf«, sagt er und läuft los durch den Park.

Mit ihm verschwindet der Geruch von Liebesäpfeln.

Sie sehnt sich nach den Worten »darf ich« und »willst du?«.

DER POLIZIST

Vom Tompkins Square Park läuft die Frau durch die 8th Street und St. Mark's Place in Richtung 3rd Avenue. An der 1st Avenue merkt sie, dass ihr ein Polizist folgt. Bei der großen schwarzen würfelförmigen Skulptur auf dem Kreisverkehr am Astor Place bleibt sie stehen. Der Polizist kommt ganz ruhig und locker, fast in Zeitlupe, auf sie zu geschlendert. Dabei stößt ihm der Schlagstock leicht gegen den Schenkel.

Der Polizist sieht sie an und hält die Hand hoch.

»Stopp, Lady«, sagt er. »Stehen bleiben.«

Er fasst sie am Arm und führt sie, langsam und sicher, dank jahrelanger Ausbildung und Autorität, unter die Würfelskulptur.

»Was habe ich falsch gemacht, Officer?«, fragt die Frau.

Der Polizist schiebt sie vorsichtig ein Stück rückwärts, sodass sie zwischen ihm und der Skulptur steht. »Darf ich Ihren Ausweis sehen?«, sagt er.

Ein paar kleinere Wolken ziehen über ihnen vorbei und tauchen die Straße abwechselnd in Schatten und Sonnenlicht.

»Wir wurden angewiesen, stichprobenartig Kontrollen durchzuführen«, sagt der Polizist. »Und da habe ich Sie ausgesucht. Ja, Miss, ich habe Sie ausgesucht.«

»Ich bin schon in meinem eigenen Gewahrsam«, sagt die Frau, greift in die Tasche, holt ihr Portemonnaie raus und zeigt dem Polizisten ihren New Yorker Führerschein.

Als er das Dokument entgegennimmt, betrachtet sie seine Hand. Es ist eine große weiße Hand mit langen feinen Fingern. Die Frau blickt in seine schwarzen Augen.

Er liest laut vor: »Geburtsjahr 1961.«

»Ja, das ist korrekt.«

»Was sind Sie von Beruf, was arbeiten Sie?«

»Bibliothekarin. Ich arbeite in einer Bibliothek. Gleich um die Ecke, in der Ottendorfer.«

»Werden Sie vermisst, Ms Cohen? Sind Sie weggelaufen? Gibt es jemanden, der nach Ihnen sucht?«

»Nein, Officer, nichts dergleichen.«

»Ich weiß nicht, ob ich Ihnen glauben soll. Ich hatte schon mit allen möglichen Verbrechern zu tun. Kennen Sie die Gründe, die wahren Gründe, warum Menschen verschwinden?«

Er steht so nah vor ihr, dass sie seine Körperwärme spürt. Sie lehnt den Kopf an den Stein.

»Wussten Sie, dass die Leute manchmal aus einem ganz einfachen Grund weglaufen? Zum Beispiel aus dem einfachen Grund, dass sie woanders unter neuem Namen ein neues Leben anfangen wollen. Manchmal ist es aber auch komplizierter. Viel komplizierter. Zum Beispiel, wenn sie Opfer einer Entführung wurden oder vor häuslicher Gewalt fliehen. Manchmal hat der oder die Vermisste auch ein Verbrechen begangen, vielleicht sogar einen Mord.«

»Das ist bei mir nicht der Fall, Officer.«

Sie wirft einen Blick auf die Marke an seiner Uniform. Darauf abgebildet ist ein Ureinwohner Amerikas mit einem Bogen und einem Adler.

»Ich wohne hier. Nur ein paar Straßen entfernt. An der 7th Street, neben der Kirche.«

»So viele Menschen vermissen jemanden auf der Welt! Sie sehen genauso aus wie jemand, nach dem wir suchen. Eine Frau mit braunen Haaren und blauen Augen, so steht es in der Meldung. Wir kümmern uns um Ausreißer und bieten ihnen Schutz und Unterschlupf.«

»Das ist gut.«

»Sind Sie sicher, dass Sie keinen Schutz oder Unterschlupf brauchen?«

»Warum stellen Sie mir all diese Fragen?«

»Wir werden geschult, immer wieder dieselben Fragen zu stellen. Brauchen Sie einen Unterschlupf?«

»Nein.«

»Jedes Jahr laufen Tausende von Menschen weg, und nicht nur Teenager. Ich habe hier eine Vermisstenmeldung.«

Der Polizist zieht einen Zettel aus der Hemdtasche. Er faltet ihn auseinander und liest vor: »Zuletzt gesehen in einem blauen Hemd und Bluejeans. Haben Sie ein Muttermal?«

»Ja, habe ich«, erwidert die Frau und blickt auf ihren Arm und das lange braune baumförmige Muttermal.

Der Polizist tritt noch einen Schritt näher, jetzt trennt sie nur noch die Kleidung.

Die Frau denkt: »Wird der Lügendetektor mir glauben? Ist es das, was du willst, eine Lüge? Dieser Tag schreit nach Ungehorsam. Ich bin ungehorsam. Ja, ja, ich habe das Geschirr zerschlagen und mit oranger Kreide an die Wand gemalt, weil bei mir zu Hause aus den Fenstern Türen wurden und aus den Türen Wände. Mein Körper schreit nach Ungehorsam. Es ist wie Wasser trinken oder in der Sonne sein. Es ist ganz einfach – man will mehr.«

Die Frau blickt auf ihre Füße und sieht kleine weiße Blumen in den Ritzen zwischen den Gehwegplatten wachsen, Blumen, die aus dem Zement zu wachsen scheinen. Sie denkt: »Selbst die Blumen können ungehorsam sein.«

Die Spitzen seiner schwarzen Lederschuhe berühren die Spitzen ihrer blauen Ballerinas, sodass seine Schuhe letztendlich ihre Zehenspitzen berühren.

Der Polizist rückt ein Stück von ihr ab und sagt: »Wissen Sie eigentlich irgendwas über mich? Wussten Sie, dass Polizeiuniformen genauso behandelt werden wie US-Flaggen? Wenn man sie nicht mehr gebrauchen kann, werden sie verbrannt. Wussten Sie, dass der schwarze Streifen an meiner Hose an die gefallenen Kameraden erinnern soll?«

Zwei Teenagermädchen laufen vorbei. Eines der Mädchen sagt: »Gelb steht für Eifersucht, Blau steht für Treue, Grün für Untreue.«

»Haben Sie schon mal jemanden getötet?«, fragt die Frau.

»Ich, nein«, antwortet der Polizist und tritt noch einen Schritt zurück. »Sie fragen zu viel.«

»Mussten Sie denn schon mal jemanden schlagen?«

»Ja.«

Sie mustert den vorstehenden Griff seiner 9-mm-Pistole.

Der Polizist folgt ihrem Blick. »Man gewöhnt sich daran, eine Waffe zu tragen. Es fühlt sich gut an«, sagt er.

Er tritt wieder auf sie zu.

Die Frau denkt: »Ist schon okay. Komm ruhig näher.«

Zwei weiße Jungs auf Skateboards überqueren die Straße und fahren in der Hocke gleichmäßige Kreise um den Würfel herum. Einer der beiden tritt auf das hintere Ende seines Boards und springt. Dabei werden sowohl er als auch das Board in die Luft katapultiert.

Der Polizist rückt noch näher an sie heran. Er sieht der Frau ins Gesicht. Sie riecht seinen Körperschweiß unter der Uniform, er steckt tief im Stoff drin, als wären sie tagelang an einem Fluss entlanggelaufen.

»Seien Sie vorsichtig, wenn Sie einen Mann mit einer tätowierten Träne im Augenwinkel oder mehreren Tränen auf dem Wangenknochen sehen«, sagt er.

Die Frau denkt, er riecht, als hätte er Holz für den Kamin gehackt.

»Die lassen sich im Gesicht tätowieren? Als würden sie weinen?«

»Ja, jede Träne steht für jemanden, den sie getötet haben. Wir wissen inzwischen von mehr als fünfzehn Fällen.«

»Als würden sie weinen?«

»Ja. Wenn Sie jemanden mit so einem Tattoo sehen, halten Sie sich von ihm fern.«

»Ja.«

»Sie können jetzt gehen«, sagt er. Seine Worte sind wie ein Stoß.

Die Frau fragt sich, ob er in sie hineinsehen kann.

»Ja, ich kann in Sie hineinsehen«, sagt der Polizist, bevor er geht. »Ich sehe, dass Sie eine Frau sind, die immer denkt, dass sie im Lotto gewinnt, dass sie einen Schatz findet, einen Diamantring auf der Straße oder Geld in einem Buch.«

DER SOLDAT

Die Frau weiß nicht, wo sie hingehen soll. Sie will weder nach Hause noch in die Bibliothek.

Vom Astor Place läuft sie durch die 9th Street zurück in Richtung Tompkins Square Park. An den Ahornbäumen sieht man schon fast die kleinen roten Büschel aus den Zweigen treten. Die Luft ist feucht.

Die Frau steuert auf den Gedenkbrunnen zu, an dem ein Mann Wasser trinkt. Sein Hemd ist hochgezogen, sie sieht die Haut an seinem Rücken, ein Streifen zwischen Hose und Hemd. Der Streifen Haut ist eine Flagge.

An der Seite des Brunnens ist eine Inschrift in den Stein gemeißelt. Sie kennt sie auswendig. Früher ist sie oft mit ihrer Tochter in den Park gekommen. Die Inschrift lautet: »*In Gedenken an die Opfer des Unglücks auf dem Raddampfer General Slocum.*«

Der Soldat dreht sich zu ihr um. Er ist Schwarz, und sein Haar wird allmählich weiß.

»Haben Sie Durst?«, fragt er, füllt seine Hand mit Wasser und hält sie ihr hin. »So haben wir aus dem Fluss getrunken.«

»Ja, bitte.«

Sie beugt sich vor und trinkt. Mit der Zunge leckt sie die letzten Tropfen Wasser aus seiner Hand. Seine Hand ist rau wie ein Wetzstein.

»Die Leute werden sagen, dass ein Schwarzer Mann unmöglich eine weiße Frau aus seiner Hand trinken lassen kann. Und niemand wird glauben, dass Sie es trotzdem getan haben.«

»Wir sagen es niemandem«, erwidert die Frau.

»Dann können wir auch noch andere Dinge tun, die niemand glaubt?«

»Ja.«

»Ich will nicht, dass Sie auf dem Boden gehen«, sagt er. »Ich will Sie hochheben und in den Armen tragen.«

»Haben Sie Kriegsgefangene getragen?«

»Nein. Ich habe Kinder aus brennenden Hütten getragen.«

Sie riecht seinen Hals an ihrem Gesicht. Er riecht nach Blut und Gras und Gras und Blut.

Mitten im Park bleibt er stehen, und sie lesen die Inschriften auf der Temperance Statue, der Marmorstatue einer Frau, die eine Schüssel in der Hand hält, umringt von den Worten Mäßigung, Nächstenliebe, Hoffnung und Glaube.

Sie laufen einmal um die Statue herum.

»Ich gehöre auch zu den Toten«, sagt er. »Unsere Familien sind die Lebenden und die Toten.«

Als sie weiter durch den Park gehen, hebt er sie wieder hoch, trägt sie und schaukelt dabei leicht hin und her.

»Jetzt, wo ich dich getragen habe, muss ich daran denken, was ich alles in meinem Leben getragen habe, und jetzt trage ich dich«, sagt er.

»Hast du eine Frau über die Schwelle getragen?«

»Dreimal. Und ich habe einen toten Mann durch einen Fluss getragen, ich habe Waffen getragen und die Seelen all der Unbekannten, die ich getötet und nicht getötet habe. Ich war ein Soldat.«

»Ja, ich weiß.«

Er geht zu einer Bank und setzt sich mit der Frau auf dem Schoß, es ist also so, als würde er nicht aufhören, sie zu tragen. Der Soldat sagt: »Jedes Mal, wenn man eine Frau tötet, tötet man mehr als einen Menschen.«

»Ich glaube nicht an Reisepässe und Flaggen.«

Er ist immer noch der Geruch nach Krieg. Seine Haut riecht nach Feuerzeugbenzin, Zigaretten und Schießpulver.

»Willst du rauchen?«, fragt die Frau und holt den Plastikbeutel mit dem Gras aus der Jeanstasche. »Ich hab sogar Papers.«

Die Frau setzt sich neben den Soldaten und gibt ihm den Beutel. Er baut einen Joint und zündet ihn an. Sie reichen den Joint hin und her und inhalieren bei jedem Zug tief.

Sie lehnt sich an den Soldaten. »Ich wünschte, ich könnte in dich hineinklettern«, sagt sie.

Die Frau denkt daran, die Sabbatkerzen anzuzünden, die Wohnung zu putzen, allen Sauerteig aus dem Haus zu schaffen und den Tisch mit Pessachspeisen zu decken. Sie denkt an ihre Tochter.

Die Frau fragt sich: »Bin ich ein Mann in einem Traum? In einem Traum kann ich ein Mann sein. Ich bin das Glas des Glasers.«

»Woran denkst du?«, fragt der Soldat.

»Hast du schon mal eine Frau getötet?«

Er nickt.

»Ist es ein Unterschied, ob man eine Frau oder einen Mann tötet?«

Er nickt.

»Und du hast deinen Glauben an Gott verloren?«

»Es gab mal einen Mann, der hatte so viel Glück, dass wir dachten, es bringe Glück, ihn anzufassen.«

»Ich habe eine Tochter«, sagt die Frau. »Und du?«

»Nein, keine, die ich an einer Hand abzählen könnte. Viele von uns tragen heute noch ihre Hundemarke. Es gibt keinen Soldaten auf der Welt, der nicht Angst hat, mit dem Wort Unbekannt auf dem Grabstein begraben zu werden.«

Die Frau greift in sein Hemd und holt seine Erkennungsmarke raus. Sie liest laut vor: »Soulliere James D. Blutgruppe: 0.«

»Und die Nummer hier?«, fragt sie.

»Gasmaskengröße.«

Aus südlicher Richtung hören sie das Geräusch eines Flugzeugs. Beide schauen hoch in den Himmel. Andere Leute im Park schauen ebenfalls hoch. Es ist ein Alice-im-Wunderland-Traum, die ganze Stadt schaut in den Himmel, alle wachsen in die Höhe, lauter Riesen zwischen den Häusern. Auch die Bäume im Park erscheinen ihr riesig, als wären die Wolkenkratzer mit Blättern bedeckt.

»Die ganze Stadt schaut jetzt in den Himmel. Seit 9 / 11 schauen alle dauernd in den Himmel«, sagt der Soldat.

»Hast du schon mal ein Tier getötet?«

»Ich habe alles getötet, was sich bewegt. Im Krieg darfst du dich nicht bewegen.«

»Du darfst dich nicht bewegen«, flüstert die Frau.

»Willst du das wirklich hören?«, fragt er. Er streichelt ihr übers Haar. Sie spürt, wie seine Fingerspitzen sich in ihre Kopfhaut drücken und dann durch ihr langes Haar fahren.

»Ja«, antwortet sie und blickt nach unten zwischen ihre Füße, als wäre der Asphalt ein Fluss, in den man hineinschauen kann.

»Niemand will das hören. Es nennt sich Nachtmanöver.«

»Nachtmanöver?«

»Es war das Schlimmste, was dir passieren konnte. Ein Selbstmordkommando. Und du bist der Köder.«

»Köder?«

»Und dann regnet es auf einmal fünfzehn Tage am Stück durch. Sie bringen dir bei, wie man tötet, aber nicht, wie man stirbt. Du hast ständig Angst vor Sprengfallen.«

Eine weiße Frau läuft im Park an ihnen vorbei. Sie ist so abgemagert, dass die Arme an den Seiten schlaff herunterhängen und die Finger dünn und bleich wie Fischgräten aussehen. Sie ist nah genug, damit die Frau die Adern unter ihrer bleichen Haut sehen kann. Sie achtet nicht auf ihre Schritte, schaut im Gehen nicht zu Boden, sondern nach oben in den Himmel.

Sie dreht sich um und wirft einen Blick auf die Frau und den Soldaten. Sie bleibt vor ihnen stehen und tut so, als würde sie sich das Herz rausschneiden. Sie tut, als würde sie ein Messer in der Hand halten, sich ins Fleisch stechen und das Herz aus ihrem Körper holen. Dann hält sie es ihnen hin, das imaginäre Herz.

Die beiden strecken die Hände aus und nehmen es entgegen. Die Frau wendet sich ab und geht weiter. Langsam setzt sie einen Fuß vor den anderen, als würde sie auf einem Drahtseil in der Luft balancieren.

Die Frau hört das Herz des Soldaten, sie hört seinen Magen knurren, die Lungen sich öffnen, hört, wie sich das Essen bewegt, hört das Wasser, das er vorher am Brunnen getrunken hat und das jetzt das große Glas seines Körpers füllt.

»Ich will, dass man meinen Hals küsst und meine Hand leckt, ich will eine Zunge im Mund und im Ohr und im Nabel«, denkt sie.

»Küss mich«, denkt sie.

»Entführ mich«, denkt sie. »Ich will nicht nach Hause gehen und das Ehebett machen, die Bettwäsche abziehen, die Kissenbezüge wechseln und die Winterdecken wegräumen.«

»Bitte küss mich«, denkt sie.

Der Soldat sagt: »Vietnam war der Dschungel, aber es war auch der Fluss. Jedes Mal, wenn ich ein Glas Wasser trinke, weiß ich, dass ein Teil davon Fische und Steine sind, badende Menschen, Pferdescheiße, Schießpulver, Dosenfleisch, Kinder, die sich die klebrigen Hände waschen, alles Mögliche. In dem Brunnen, aus dem wir eben getrunken haben, ist der Schmutz von den Kleidern, die am Morgen gewaschen wurden. Alles ist im Wasser – auch das Blut deiner Feinde und Freunde.«

Die Frau will, dass er sie wieder hochhebt und trägt.

»In Vietnam brauchtest du keine Fantasie. Es passierte alles. Es war da, in deinem Glas, du musstest nur die Augen schließen. Was ich noch im Krieg gelernt habe, ist, dass deine Feinde dich nicht so sehr hassen, wie du denkst, und dass die Menschen, die dich lieben, dich nicht so sehr lieben, wie du denkst.«

»Ich weiß«, sagt die Frau. In der Bibliothek steht Komunyakaas *Dien Cai Dau* im letzten Regal bei den Gedichten neben Keats.

Der Soldat schiebt seinen Arm um ihre Taille. »Ich wünschte, wir könnten irgendwo hingehen und zusammen einschlafen«, sagt er. »Ich will mit dir schlafen und mich sicher fühlen, mit dir an meiner Seite. Ich schlafe immer so schwer ein.«

Die Frau streicht ihm mit den Fingerspitzen über die Lider. Weiter hinten sieht sie zwei Teenager, einen Jungen und ein Mädchen, am Brunnen trinken.

»Hier, ein Geschenk für dich«, sagt der Soldat. Er greift in die Jeanstasche, holt sein Portemonnaie raus und reicht ihr ein zusammengefaltetes Stück Papier.

»Lies es«, sagt er.

»Die Tinte ist ziemlich verwaschen«, sagt sie.

»Hat schon viel mitgemacht.«

Sie liest laut vor: »Ich habe versucht darzulegen, dass der Zufall in unserem Leben einen erstaunlichen Einfluss haben kann – eine außergewöhnliche Erscheinung oder Begebenheit sollte man nie außer Acht lassen.«

»Das hat Alexander Fleming gesagt«, sagt der Soldat. »Ich wollte Wissenschaftler werden, aber dann hat der Krieg mein Leben zerstört. Man jammert immer darüber, was man nicht geworden ist.«

Die Frau gibt ihm den Zettel zurück.

»Haben deine Eltern dir nicht beigebracht, dass man ein Geschenk nicht ablehnt? Apropos, wie bist du eigentlich erzogen worden?«

Der Soldat steht auf. »Ich will, dass du den Zettel behältst«, sagt er.

Er seufzt und streckt die Arme in die Luft, als würde er jemandem in der Ferne winken.

»Meide das Nachtmanöver«, sagt er. »Geh nach Hause, wenn die Sonne untergeht.«

Der Soldat dreht sich um und will aufbrechen. Die Frau steht schnell auf und hält ihn an beiden Armen über dem Ellbogen fest.

»Bitte geh jetzt nicht«, sagt sie. »Bleib. Erzähl mir mehr. Ich will jetzt nicht allein sein.«

Er nimmt ihr Gesicht in beide Hände und sieht ihr in die Augen. »Das Leben ist Zufall und Schicksal«, sagt er. »Ein Windstoß, ein Zweig lenkt eine Kugel ab, der Weg gabelt sich, und du entgehst einer Landmine. Das hat mich wirklich erschüttert. Alles war nur Zufall. Aber bei einem Feuergefecht habe ich mich jedes Mal hingeworfen und Liebe mit der Erde gemacht, während die Kugeln über meinen Kopf sausten. Du schmeckst den Staub, das Gras und die Erde des Feindes. Du machst Liebe mit ihr.«

Sie denkt: »Küss mich. Bitte. Bitte.« Das Wort Bitte ist ein Gebet. Sie weiß, er schmeckt nach dem Fluss, nach seinem Blut und Heroin vermischt mit Regen. Sie weiß, dass er nach Staub schmeckt, nach Gras und der Erde des Feindes.

Er dreht sich um und will gehen.

Sie berührt ihn, vielleicht bringt es Glück.

DER ASTRONAUT

Die Frau sieht ihn über die Straße gehen. Er nimmt sie in seinen Körper auf, lässt sie die Grenze der blauen Aura überschreiten, die Wärme und Energie, Elektrizität und 100 Watt, die von ihrem Körper in seinen übergehen, den Gleichstrom, der durch Epidermis, Dermis und Subkutangewebe fließt, und den Ozean, der ihre Wärme in sich trägt. Ihre Schulter berührt sein Knie, und seine Finger pressen sich in ihre Schenkel, und sie ist in seinen seinen seinen Seeanemonen, ihre Lunge an seiner Leber ihre Milz an seinem Seestern, sein Rumpf aus Rippen umhüllt sie, und in ihm ist sie in einem Schiffswrack auf dem Meeresgrund, ins Heck gedrückt. Sie sieht die kaputten Gläser, Kronleuchter umringt von Korallen, Fische, die zwischen den Sesseln hindurchschwimmen, Türknäufe voller Mollusken, Schuhe im Schlamm und ein Fingerknochen in einem Ehering. Ihre Brüste sind die silbernen Äpfel des Mondes an seiner Brust, und sie kann die Sonne in seiner Jona-Wal-Liebe berühren, er verschlingt sie und schluckt sie hinunter wie ein Glas Milch.

DER MUSIKER

Unter einem Dach von Feuertreppen läuft die Frau vorbei an einem Geschäft mit Obst und Gemüse, das draußen vor dem Laden in Gestellen liegt. In ein paar Wochen sind die Orangen und Honigmelonen von einem glitzernden Schwarm Bienen bedeckt. Sie kann sie fast riechen, die neue Jahreszeit, das Erwachen.

Große Haufen Tageszeitungen stapeln sich neben den Obst- und Gemüsekisten. Eine Schlagzeile lautet: *NYPD und FDNY gaben gestern die Überholung ihres Notrufcomputersystems bekannt, nachdem eine Reihe von Fehlern zu tödlichen Verzögerungen bei Feuerwehreinsätzen führte …*

Die Frau mustert die Früchte und nimmt einen Pfirsich.

»Sie wollen nur einen Pfirsich? Einen einzigen?«, fragt der Verkäufer. »Nehmen Sie ihn. Sie können ihn haben. Für den einen Pfirsich müssen Sie nicht bezahlen!«

Die Frau reibt die Frucht am Ärmel ab und beißt hinein, während sie in Richtung St. Mark's Church an der 2nd Avenue läuft.

Der Pfirsich schmeckt nach den Sommern im Garten ihrer Kindheit in Brooklyn. Sie war ein Einzelkind. Ihr Vater arbeitete in der Textilindustrie. Eine Großtante, eine Auschwitz-

Überlebende, hatte viele Jahre bei ihnen gewohnt. Ihr Name war Tessa. Sie hatte die Nummer aus dem Vernichtungslager auf den linken Unterarm tätowiert. Wegen des Holocausts, hatte die Großtante ihr erzählt, sind die toten Juden toter als alle anderen Toten.

Tessa kannte so viele jiddische Sprichwörter, dass man eine Anthologie damit füllen könnte. Tessa sagte: »Wenn du auf eine Leiter kletterst, zähl die Sprossen.« Sie sagte: »Was nie fest war, geht leicht kaputt.«

Tante Tessa konnte einem auch die verschiedenen Aspekte eines Gebets erklären. »Das hebräische Wort für Gebet ist *tefilah*, was so viel heißt wie über sich selbst urteilen«, erklärte sie. »In manchen Gebeten geht es darum, etwas Außergewöhnliches zu sehen, zum Beispiel einen König oder einen Regenbogen.«

Im Sommer legte ihre Großtante sich manchmal auf eine Decke im Garten, ließ sich die Sonne auf Hals und Arme scheinen und aß Pfirsiche mit Sahne oder lächelnde Scheiben Wassermelone.

Als die Frau in den Pfirsich beißt, kommt plötzlich wie aus dem Nichts starker Wind auf. Ein paar Tropfen frühnachmittäglicher Regen fallen auf die Stadt.

Ein junger Mann mit roter Lockenperücke und Clownskostüm kommt auf Stelzen auf sie zu. Sein Gesicht ist weiß geschminkt wie bei einem Pantomimen, die Züge sind mit schwarzer Schminke nachgezeichnet. Zwei Kinder laufen hinter ihm her und tanzen zwischen und um die hohen Stelzen herum. An seiner Hüfte hängt ein Schild, auf dem steht: »Ein Paar Stelzen ist ein Dutzend Leitern wert.«

Die Frau geht weiter die 2nd Avenue hinunter. Dabei steckt sie die Hand in die Jeanstasche und fasst nach dem Plastikbeutel mit dem Gras und nach ihrem Ehering. Dann streckt sie die Hand aus und betrachtet den breiten, männlichen goldenen Ehering des Arztes an ihrem Finger.

Sie erinnert sich an seine Worte: »Ich sitze hier neben Ihnen und höre Ihr Herz schlagen. Ich kann den Puls an Ihrem Hals sehen.«

Sie hört die Worte des Polizisten: »Sie sind eine Frau, die immer denkt, dass sie einen Schatz findet oder im Lotto gewinnt. Sie denken, Sie finden einen Diamantring auf der Straße oder Geld in einem Buch.«

Die Frau hört den Soldaten: »In einem Glas Wasser aus dem Fluss ist der Schmutz von Kleidern, die im Fluss gewaschen wurden, und das Blut deiner Feinde und Freunde.«

Draußen auf einem Feuertreppenabsatz direkt über ihr steht ein großer Vogelkäfig mit einer dunkelbraunen Schlange. Der Körper des Reptils schlingt sich um die Stange im Käfig. Mehrere Leute stehen davor und zeigen darauf.

Die Frau denkt: »In New York verwandeln sich Vögel in Schlangen, aus Hunden werden Katzen, und Pfirsiche verwandeln sich in Äpfel, aus Händen werden Füße, Blumen verwandeln sich in Finger, Sterne in Wasser, aus Frauen werden Männer und aus Ehefrauen Verräterinnen.«

Die Frau betritt den Vorplatz der St. Mark's Church, bald werfen dort wilder Salbei und Efeu ihre Schatten. In der Luft liegt noch das Feuer, bei dem das Gebäude fast zerstört wurde. Der Geruch von verbranntem Holz, von Ruß auf kaputten Kirchenfenstern und geschmolzenem Kerzenwachs hängt noch in den kahlen Zweigen. Sie riecht die brennende Orgel, den Rauch von Pedalen und Bälgen. Die Gesangsbücher verbrannt. Papier und Tinte von Brittens *War Requiem* verbrannt. Diese Worte verbrannt: *Die Blässe von Mädchenbrauen wird ihr Bahrtuch sein / ihre Blumen die Zärtlichkeit geduldiger Gedanken / und jede langsame Dämmerung eine herabgelassene Jalousie.*

Die Frau läuft über Grabsteine und sieht sich die Tafeln an der Kirchenmauer an. Sie liest, dass die Bäume vom Poetry Project der St. Mark's Church gepflanzt wurden, in Gedenken an W. H. Auden, Paul Blackburn und Frank O'Hara. Auf einer Tafel ist ein Zitat von Auden eingraviert: *Tausende haben ohne Liebe gelebt, nicht einer ohne Wasser.*

Ein langes Donnergrollen rollt über die Dächer von New York. Hoch über dem Empire State Building, dem Chrysler Building und dem New York Times Building zerstückeln Blitze den Tag.

Der Regen fällt in Windstößen, und als die Frau von der Kirche in Richtung 2nd Avenue geht, plätschern große runde Tropfen auf die Bürgersteige.

Das Gewitter zerreißt den Himmel zwischen den Wolkenkratzern.

Während die Frau wartet, dass die Ampel umspringt, kommt von hinten ein Mann in einem langen weißen Regenmantel mit aufgespanntem großen schwarzen Schirm. Als sie die Straße überquert, bleibt er hinter ihr und schützt sie vor dem Regen. Sie spürt seinen Atem im Nacken.

Ihr Körper geht im und aus dem Schutz des Regenschirms.

An der Ecke 2nd Avenue und 10th Street, wo früher der Second Avenue Deli war, stellen sie sich auf die Sterne.

Die Sterne, auf denen sie stehen, sind wie die Sterne in Hollywood im Bürgersteig eingelassen, hier für die Schauspieler, die im Jiddischen Theater gearbeitet haben. Sie stehen auf: Fyvush Finkel, Abraham Goldfaden, Leon Ziebold und Lilly Lilyana. Zwischen ihren nassen Schuhen liest sie den Namen Moishe Oysher.

Die Frau sieht den Mann an, der sie vor dem Regen schützt. Er hat braune Haut und Augen. Er ist groß, und seine Kleider sind von einem langen Regenmantel geschützt.

Ein Feuerwehrwagen schlägt viermal fünf Glockenschläge an. Das bedeutet, dass ein Feuerwehrmann beim Einsatz ums Leben gekommen ist.

Während der Wagen weiterfährt, denkt die Frau, dass New York ein Spielbrett voller Leitern ist.

Auf den Sternen des Jiddischen Theaters treten die Frau und der Mann aufeinander zu. Ihre Brüste berühren seine Brust, bevor sie sich auf die Zehenspitzen stellt, um ihn auf die Wange zu küssen. Er beugt sich vor, damit sie ihn erreicht.

»Dich schmecken«, denkt sie, »das will ich.«

Sie küsst ihn auf die Wange. »Wer bist du?«, fragt sie.

»Ich bin Musiker.«

»Was für einer? Welches Instrument?«, fragt sie.

»Dich lieben«, denkt sie, »das will ich.«

»Kann man jemanden aus der Vergangenheit lieben? Jemanden, dem man nie begegnet ist?«, fragt der Mann. »Kann man jemanden aus der Vergangenheit lieben, jemanden, dem man nie begegnet ist?«, fragt er noch mal. »Es hat mit unserem früheren Leben zu tun, das weißt du, oder?«

Der Duft des Musikers ist ihr eigener. Außerdem schmeckt und klingt er wie sie. Er ist ein Spiegel oder ein Foto.

»Ich bin umgestülpt. Du bist ich«, erwidert die Frau. »Ich kenne dich. Ich erkenne dich.«

Sie erinnert sich an den Klang der Kuhglocken, an die Tempelglocken und das Geräusch von Regen. Sie erinnert sich an das Rumpeln der alten Karren auf der Straße.

»Du warst meine Frau. Ich erinnere mich an dich«, sagt die Frau. »Ich stehe auf dem Kopf. Wir waren ein Leben lang verheiratet.«

»Ja«, erwidert der Musiker. »Das stimmt. Natürlich. Ich war deine Frau.«

»Du warst eine Frau, die gern Wasser trank. Du hast gern Milch getrunken. Ja, ja, ich erinnere mich. Du hast mit dem Arm über den Augen geschlafen. Erinnerst du dich, wie ich heiße? Erinnerst du dich, wie ich gestammelt habe?«

Die Frau sieht Tränen in den Augen des Musikers.

»Erinnerst du dich, dass ich gestottert habe?«, fragt sie.

Der Musiker sieht die Frau an und legt ihr die Hand um den Hals. Von außen, als er ihre Haut berührt, spürt er ihren Rachen. Er spürt ihre Epiglottis, ihre Stimmlippen, den Kehlkopf und das zarte Flattern der Stimmbänder.

»Ja, du hast gestottert, und ich musste immer A und B sagen und du dann C, um deiner Zunge auf die Sprünge zu helfen. Du hast gesagt, deine Zunge sei ein Fluss, der sich an den Felsen deiner Zähne bricht«, sagt der Musiker.

»Ich habe immer geflüstert. Wenn ich flüsterte, hörte aus irgendeinem Grund das Stottern auf. Und ich mochte den ersten, den Anfangsbuchstaben eines Wortes nicht. Ich hab mir immer gewünscht, Wörter würden mit dem zweiten Buchstaben anfangen.«

Der Musiker hält weiter die Hand um den Hals der Frau, er spürt das Summen ihrer Worte im Kehlkopf.

»Ja«, sagt der Musiker. »Als du mein Mann warst, hast du geflüstert. Ich wollte dich erschießen oder erstechen.«

»Warum?«, fragt die Frau. »Warum wolltest du deinen Mann töten?«

»Es war die einzige Möglichkeit zu entkommen«, antwortet der Musiker.

Es regnet weiter, die Stadt sieht aus, als wäre sie in einem Gitter aus Wasser eingeschlossen.

Zwischen ihrem Körper und seinem Körper gibt es keine Grenze, der Regenschirm über ihrem Kopf ist das Dach ihres Hauses.

Die Frau denkt: »Ich bin das Blech des Blechmanns, das Ruder des Ruderers, die Herde des Hirten, die Pforte des Pförtners. Er ist ich. Ich bin er.«

Sie sieht die Hände des Musikers und denkt, es sind ihre Hände. Die Adern auf der Haut führen spiralförmig bis zu den Fingerspitzen.

»Ich war dein Bräutigam. Bei unserer Hochzeit habe ich gesagt, ›So fern wir einander waren, einer vom anderen, stehen wir doch jetzt hier. Mögen wir eins sein in Gedanken und im Geist‹«, sagt die Frau.

»Wir sind sieben Schritte gegangen. Ich erinnere mich auch an alles.«

»Du wurdest nach keinem Sternbild benannt, einem Baum, Fluss, Vogel oder Sklaven.«

»Ja, als du ein Mann warst, wolltest du ein Soldat sein.«

»Ich wollte stark sein. Wir sind Kämpfer.«

»Schmeckst du noch genauso?«

Sie sieht ihn umringt von Kerzen unter dem Ehebaldachin. Der Geruch von Sandelholz liegt in der Luft. Im Mund hat sie den Geschmack von zerstoßenen Fenchelsamen.

»Ich hinterließ dir Hinweise, auf die Wiedergeburt, damit du mich finden kannst«, sagt er.

»Ja, die habe ich gefunden.«

»War es ein Prophezeiungsbrief? Oder ein fünfblättriges Kleeblatt, oder ein Kind, das mit einem blauen und einem braunen Auge zur Welt kam?«, fragt er.

»Der größte Beweis für die Reinkarnation ist Liebe auf den ersten Blick«, erwidert sie. »Als ich dich sah und spürte, wie du hinter mir auf den Sternen standst, da hab ich mich in dich verliebt.«

»Bitte lass mich den Test mit dir machen, den Reinkarnations-Test. Was ist dein Lieblingsstein?«

»Türkis.«

»Hast du eine besondere Angewohnheit?«

»Ja, ich schließe die Augen. Ich gehe in mich. Wir sehen die Dinge nicht, wie sie sind, sondern so, wie wir sind. Das steht im Talmud. Ich schließe die Augen und sehe Geister.«

Die Frau schließt die Augen, und es ist April 1878 in New York. Sie sieht ein Gespann von sechs feurigen schwarzen Pferden durchgehen. John Strickland, als Kutscher bei Barnum's Circus tätig, außerdem bester Pferdekutscher im ganzen Land, wird an der East 42nd Street von einem Fuhrwerk geworfen und stirbt auf der Stelle.

Es ist Mai 1828. Sie sieht das Bühnenbild, Kostüme, Masken, die Schüsseln mit Schminke und reihenweise Schuhe und Stiefel, alles in Flammen. Das Feuer zerstört das gesamte Bowery Theater, nachdem es im Stall von Chambers & Underhill in der Bayard Street ausgebrochen ist. Sieben Pferde verbrennen.

Es ist der 28. Juli 1945. In der Stadt ist es schwül und stark bewölkt. Die Leute glauben, Donner zu hören. Es ist ein B-25 Billy Mitchell Bomber mit seiner dreiköpfigen Crew. Um im Nebel bessere Sicht zu haben, will der Pilot unter den Wolken durchfliegen und stellt plötzlich fest, dass er im Labyrinth von Manhattans Wolkenkratzern steckt. Er weicht mehreren Gebäuden aus, schwenkt nach links und rechts, aber als er an Höhe gewinnt, um dem Hindernisparcours aus Stahlsäulen und Glas zu entkommen, kracht er in die Nordseite vom 79. Stock des Empire State Building. Das Flugzeug explodiert im Gebäude.

»Du bist mein Mann. Hast du ein Muttermal?«, fragt der Musiker.

»Das ist bekannt, oder? Ein Muttermal ist eines der wichtigsten Erkennungszeichen aus einem früheren Leben. Ein Muttermal ist eine Wunde aus einem früheren Leben«, erklärt die Frau.

Die Frau schiebt den Ärmel ihrer Bluse bis zum Ellbogen hoch und zeigt ihm das baumförmige Muttermal an ihrem linken Unterarm.

»Ich erinnere mich noch an den Tag, als du erschossen wurdest«, sagt er und greift nach ihrem Arm.

»Jetzt, wo ich dich sehe, erinnere ich mich auch.«

»Du warst jagen. Es war früh am Morgen. Zu früh. Ich hab noch gesagt, du sollst zu Hause bleiben. Ich hatte ein mulmiges Gefühl.«

»Der Tiger hatte ein Kind aus dem Dorf getötet.«

»Ja, das Kind war ein fünfjähriger Junge. Aber es ist immer noch besser, von einem Tiger getötet zu werden als von einem Menschen. Der Tiger hatte ein Rind getötet, bevor er das Kind tötete.«

»Und dein Leibwächter war bei dir. Du wusstest nicht, dass, während du den Tiger gejagt hast, dein Leibwächter dich gejagt hat.«

»Er hat über mein Leben gewacht, und dann wollte er über meinen Tod wachen.«

»Aber die Kugel hat nur deinen Arm getroffen. Da ist die Narbe.«

Er beugt sich vor und küsst das Muttermal, küsst die Äste und Zweige, die knospenden Blüten.

Was ist Traum und was ist echt? Im Regen dreht der Musiker den Regenschirm herum, sodass ein Boot daraus wird. Er hebt sie hoch und setzt sie hinein.

Sie weiß genau, was jetzt passiert. Sie wird sagen: »Du warst eine wunderschöne Braut. Ich erinnere mich an deinen blauen Sari und die Blumen im Mai.« Und er wird antworten: »Manchmal musstest du mich trösten wie eine Mutter. Ich erinnere mich an die Lieder, die du mir vorgesungen hast. Ich war ein großer Jäger, weißt du noch? Ich habe den Tiger gefangen und getötet. Erinnerst du dich an den Tiger, der über ein Jahr lang ums Dorf geschlichen ist und Kühe und Hunde getötet hat?« Und sie wird sagen: »Ich sehe mein Klavier: Wasser fällt auf das weiße Elfenbein, auf die Bes und Kreuze zwischen den Stammtontasten, eine Kaskade, die Hammer und Filz durchtränkt.« Und er wird antworten: »Jetzt spielt die Musik unter Wasser.«

Die Frau steht auf den Sternen im Bürgersteig und schließt die Augen und sieht im Regenschirmboot des Musikers einen Perserteppich, einen großen Sessel und einen kleinen Tisch mit einer Lampe darauf. Sie steigt ein und setzt sich zwischen seine Beine, dann treiben sie die 2nd Avenue entlang über die Houston Street und weiter gen Süden.

Sie legt den Kopf in den Nacken, öffnet den Mund und trinkt den Regen.

Das Unwetter zieht durch die Stadt, und die Menschen in den Straßen suchen Schutz. Sie hält sich an den Armen des Musikers fest wie an einem Mast. Sie haben keine Rettungsboote.

Der Musiker sagt: »Du meintest, ein Vogelgott hätte mir meine Stimme gegeben.«

»Welches Leben war das?«, fragt die Frau. »Welche Nummer?«

Als die Frau hochsieht, stehen sie unter dem Regenschirm.

»Schau mal nach oben. Die Stadt ist ein Schlangen- und Leiterspiel. Siehst du?«, fragt sie.

»Ich sehe alles, was du siehst. Die Leitern sind Tugenden, und die Schlangen sind Laster, zum Beispiel Wollust und Mord.«

»Das hätte ich wissen müssen«, sagt die Frau.

»Es gibt weniger Leitern als Schlangen, was uns daran erinnern soll, dass es schwerer ist, den Pfad der Tugend zu beschreiten, als eine Sünde zu begehen«, erklärt der Musiker. »Ich habe dich nicht getötet. Ich wollte es, weil du nie aufhören solltest, mich zu lieben.«

Die Frau dreht sich um und umarmt den Musiker. Sie küsst ihn innig. Sie schmeckt das 14. Jahrhundert, Boote, die auf Flüssen fahren, geschmeidige Perlmuttlöffel, Messer, an denen geleckt wurde, Silberbecher, Ingwer, Pfeffer, Nelken und Muskat. Die Frau schmeckt auch die Worte Sharafuddin Maneris, »Hier gibt es kein Wir oder Ich, kein Dieses oder Jenes«.

»Du schmeckst, wie du immer geschmeckt hast. Nichts hat sich verändert«, sagt die Frau. »Wir atmen alle dieselbe Luft.«

»Und wir bluten alle dieselbe Farbe. Und du, du schmeckst wie ein Mann.«

»Ja. Ich weiß. Ich bin der Regen des Regenmanns.«

DER SCHLACHTER, DER BÄCKER, DER KERZENDREHER

Vom Ende der Straße hört die Frau eine andere schreien: »Du! Du! Du!« Nach einem kurzen Moment der Stille geht es weiter: »Hast du mich gehört? Hast du gehört? Du, Baby! Schätzchen! Süßer! Liebling!«

Es hat aufgehört zu regnen, und die frühnachmittägliche Sonne lässt die Insel im Licht erstrahlen.

Die Frau läuft weiter, sie schmeckt noch den Kuss des Soldaten und das Gras auf der Zunge. Durch ihren Mund fließt sein Fluss und der Geschmack von Feuerzeugbenzin. Sie erinnert sich an seine Worte: »Nachtmanöver. Es war das Schlimmste, was dir in Vietnam passieren konnte. Ein Selbstmordkommando.«

Die Frau denkt an den Arzt, den Polizisten, den Musiker. Sie hat das Gefühl, als wären ihre Hände meilenweit von ihrem Körper entfernt. Wenn sie nach oben greift, kann sie den Himmel berühren. Außerdem hat sie Hunger.

Vor dem Tibetladen an der 7th Street stehen drei Männer und trinken Bier. Sie sind laut und lachen und singen und stoßen mit ihren Bieren an. Sie werfen die Köpfe in den Nacken, um die sprudelnde gelbe Flüssigkeit aus den braunen Flaschen in sich hineinzukippen.

Sie lehnen am Schaufenster, vor einer Kulisse von pfauenblauen Tüchern voller Spiegel, gelben und grünen Pashminas und mit goldenen und silbernen Pailletten besetzten Seidenröcken.

Als die Frau an den betrunkenen Männern vorbeigeht, streckt der Bäcker, ein kleiner weißer Mann mit schütterem Haar und hellblauen Augen, den Arm aus, packt sie am Handgelenk und zieht sie zu sich heran. So schnell, dass es ihr vorkommt, als hätte er sie mit dem Lasso eingefangen. Sie fällt in ihn hinein, wie ein Kalb, das beim Rodeo zu Boden fällt. Sie spürt ihre Brüste gegen seine Brust stoßen.

»Willst du ein Bier?«, fragt der Kerzendreher. Er ist groß und schlank und hat braune Haare und braune Augen. Er ist ein großer Raubvogel. Die Frau riecht das Kerzenwachs und den brennenden Docht an seinen Kleidern. Sie riecht Geburtstagsfeiern und Streichhölzer.

»Ja. Ich will nichts bereuen«, sagt die Frau.

Der Kerzendreher holt eine Flasche Bier aus einem Rucksack, öffnet sie und reicht sie ihr.

Der Schlachter kommt auf sie zu. Er ist so blass, dass selbst seine blauen Augen aussehen wie Mondsteine. Die Frau spürt seinen Atem im Gesicht.

»Das habe ich gehört«, sagt der Schlachter. »Bereuen Sie denn, was Sie getan haben oder was Sie nicht getan haben?«

Die Frau denkt, er steht so nah vor ihr, dass ihre Münder gleichzeitig sprechen und sich berühren.

Der Kerzendreher singt: »Wo bist du denn so lange, so lange gewesen? Ich bin fast verrückt geworden, so lange, so lange. Fast verrückt bin ich geworden.«

»Was ist das?«, fragt die Frau und tritt einen Schritt zurück. »Was für ein Lied ist das?«

»Ein alter Banjo-Song.«

»Irgendwie gerät doch alles in Vergessenheit«, fügt der Schlachter hinzu und holt noch ein Bier aus einer Papiertüte. »Wir vergessen alles. Wir vergessen Lieder und sogar, wie bestimmte Dinge hergestellt werden. Wer weiß heute noch, wie man Seife macht?«

»Ich hab keine Ahnung«, erwidert der Bäcker.

»Tja, ich weiß zufällig, wie man Seife macht, weil ich es von meiner Großmutter kenne«, sagt der Schlachter. »Meine Familie kommt vom Land. Sie haben die Seife im Winter hergestellt, wenn geschlachtet wurde. Seife wurde aus Schmalz oder Talg gemacht, mit Laugenwasser, Borax und Zucker.«

Die Sonne scheint auf die Bierflaschen, es wirkt, als würden sie von innen leuchten. Sie sieht, wie der Bäcker sein Bier in der Hand hält. Die Hand ist kräftig vom Mehlkneten, vom Teigschlagen und vom Brot in den Ofen Schieben.

»Warum fragst du? Was gedenkst du zu tun oder nicht zu tun? Was bereust du?«, fragt der Kerzendreher. Seine Fingerspitzen sind rußgeschwärzt vom Kerzenlöschen.

Während die anderen beiden Männer reden, legt der Bäcker den Arm um sie.

»Ist nicht so wichtig«, sagt der Schlachter. »Ich habe mich nur gefragt, ob die Menschen bereuen, was sie tun oder was sie nicht tun.«

»Keine Ahnung«, sagt der Kerzendreher. »Beides.«

»In meinem Fall ist es so, dass ich von toten Tieren umgeben bin«, sagt der Schlachter. »Ich musste lernen, sie in Stücke zu schneiden. Wusstet ihr, dass ein direkter Schnitt durchs Fleisch bis auf den Knochen ›Blinder Schnitt‹ heißt?«

Ein kalter Wind weht durch die Straße und den langen kalten Häuserkorridor. Die Frau spürt, wie sich das Marihuana und das Bier in ihrem Kopf vermischen. Sie wird müde.

»Na ja, man macht sich Gedanken über das Leben, und den Tod«, fährt der Schlachter fort. »Nach welchen Regeln leben wir? Ich habe in die toten Augen von Kühen, Schweinen und Kaninchen geschaut und Intelligenz darin gesehen.«

»Ich wünschte, ich hätte mehr Dinge nicht getan als andersrum«, antwortet der Bäcker.

»Was zum Beispiel?«, fragt der Schlachter. »Alle leben, als gäbe es den Schlachter und seinen Laden gar nicht. Der Schlachter ist hier, um euch daran zu erinnern, dass wir alle irgendwann beim Schlachter landen. Also, mit wem willst du zusammen sein, wen willst du in den Armen halten, bevor der Todesschlachter dich in Stücke schneidet? Jeder sollte mal ein Schlachthaus besuchen und sich überlegen, was einem wirklich wichtig ist. Darüber denkt niemand nach.«

»Der Schlachter redet zu viel. Das ist sein Problem«, sagt der Bäcker. »Ich kann mir kaum vorstellen, dass Seife aus Zucker gemacht wird. Ich glaube, er denkt sich das alles aus.«

»Tue ich nicht«, antwortet der Schlachter. »Es ist alles wahr.«

Die Frau sieht dem Schlachter in die Mondaugen. Er ist so blass, dass man denken könnte, er hätte kein Blut im Körper.

Der Kerzendreher tritt auf sie zu. »Du riechst nach Kerzen, Sabbatkerzen und Geburtstagskerzen«, sagt er. »Wusstest du das?«

»Ich weiß, dass die Stadt von oben aussehen würde wie ein Friedhof«, sagt die Frau. »Die Häuser wären die Grabsteine, Reihe an Reihe.«

»Das stimmt«, sagt der Schlachter. »Sie haben mich genau verstanden.«

Die Frau sieht die Passanten auf sie zukommen und an ihr vorübergehen und kommt sich vor wie im Zirkus. Sie sieht

Schlangenbeschwörer, Schwertschlucker und Bauchredner. Messer-und-Beil-Werfer, Wolfsjungen und Alligatorenmädchen laufen ins Gespräch vertieft vorbei. Die dicke Frau rempelt sie an. Drei Mädchen in einer Wanne und der kleinwüchsige General Tom Thumb fahren im gelben Taxi vorbei.

Eine sehr alte Frau schlurft in Lumpen durch die Straße. Sie trägt eine alte graue Wollmütze und Handschuhe voller Löcher. In den Händen hält sie eine Kiste mit dem kleinsten Pferd der Welt darin.

Der Bäcker greift nach dem Arm der Frau. »Alles in Ordnung?«, fragt er. »Sie sehen blass aus. Ich glaube, Sie waren gerade ohnmächtig.«

»Mir geht es gut. Ich habe das kleinste Pferd der Welt gesehen«, sagt die Frau.

»Das war ein Spielzeugpferd«, sagt der Bäcker.

»Oh«, sagt sie. »Ich weiß.«

»Haben Sie die Mädchen gesehen, die siamesischen Zwillinge?«, fragt der Schlachter.

»Wovon redest du?«, fragt der Bäcker.

»Die Lady mit den zwei Köpfen«, erwidert der Schlachter. »Noch nie gehört?«

»Nein«, antwortet der Bäcker.

Der Schlachter erzählt ihm die Geschichte, und die Frau sieht alles, was er sagt. Sie sieht Millie und Christine McCoy, die doppelköpfige Nachtigall, deren Eltern Sklaven in North Carolina waren.

»Sie galten als das achte Weltwunder«, fährt der Schlachter fort. »Und das war kein Hokuspokus.«

Die Frau hört die Stimmen der Zwillinge. Eine sagt: »Alle wollen immer wissen, was mit uns passiert ist, also erzählen wir euch erst mal, wie wir zu diesen armen kleinen Monstern geworden sind. Wir wurden von unseren Eltern getrennt, und nachdem wir noch ein paarmal den Besitzer gewechselt hatten, gehörten wir irgendwann Mr James P. Smith, der uns, zwei merkwürdige Menschenklumpen, für eine Summe von 6000 Dollar erwarb.«

»Sie waren sogar schon bei Queen Victoria«, sagt der Schlachter. »Sie behaupteten immer, nur eine Person zu sein. Und sie sangen das Lied von den Gänseblümchen, Under the Daisies«. Der Schlachter fängt an zu singen: »Und alles, was übrig ist, von diesem strahlend schönen Traum mit seinen tausend tollen Phrasen, ist eine Handvoll Staub, ein versteckter Sarg, ein Sarg unter den Gänseblümchen, den wunderhübschen Gänseblümchen, den schneeweißen Gänseblümchen.«

Die Frau schaut hoch in den Wald von Feuertreppen, die jetzt gestreifte Schatten auf den Bürgersteig werfen. Ihr ist plötzlich heiß. Sie hat Durst.

Sie sagt: »Alles gehört schon der Vergangenheit an. Alles. Es ist nur noch eine Erinnerung. Auf Wiedersehen.«

Der Schlachter, der Bäcker und der Kerzendreher sehen sie weggehen. Sie versuchen nicht, sie aufzuhalten.

Die Frau marschiert aus südöstlicher Richtung von der 7th Street zur 1st Avenue und biegt rechts in die Avenue A ab. Doch sie läuft aus der Stadt heraus, über den Atlantik, quer durch Europa, zum Schwarzen Meer, in Isaak Babels Straßen und zum Haus ihrer Familie in Odessa. Sie läuft in Richtung Pogrom, hin zu dem alten vergifteten Brunnen.

An der Avenue A biegt sie ab und geht ins Restaurant Odessa. Es ist heiß und stickig und riecht nach frisch gebackenem Schabbat-Brot, das hinten auf einem Tisch auf langen Metallschalen ausgebreitet liegt.

Sie bestellt bei der Kellnerin einen Kaffee.

Die Frau schaut auf ihre Hand. Sie hat den Ehering des Arztes verloren. Sie fragt sich, ob der Schlachter ihn ihr vom Finger geklaut hat oder ob er abgerutscht ist. Sie fragt sich, ob sie wirklich ohnmächtig war. Sie merkt außerdem, dass der Beutel mit dem Gras weg ist.

Nur den eigenen Ehering hat sie noch in der Tasche. In der anderen ist der Zettel vom Soldaten mit Flemings Worten: »… dass der Zufall in unserem Leben einen erstaunlichen Einfluss haben kann – eine außergewöhnliche Erscheinung oder Begebenheit sollte man nie außer Acht lassen.«

Ein junger Mann in der Sitzecke neben ihr beugt sich vor und spricht sie an. Er ist Mitte zwanzig, seine Haut ist gerötet von zu viel Sonne. Neben seinem Kaffee liegt ein Cowboyhut auf dem Tisch.

»Ich bin nur zu Besuch hier«, sagt er. »Ich kann es kaum erwarten, zurück in den Westen zu fahren. Wie halten Sie es aus in dieser Müllhalde?«

»Na ja, es ist meine Stadt«, erwidert die Frau.

»Machen Sie sich keine Gedanken über dieses Land? Die Weite, die Entfernungen, die endlose Planwagenfahrt zu den Träumen? Sie sind eine schöne Frau.«

»Bitte? Was meinst du?«

»Ich meine, ich frage Sie, blicken Sie nie nach Westen? Träumen Sie nicht von Kalifornien, von der Küste und der Sonne? Wenn ich hier bin, will ich die Verheißung spüren, mich in einen Greyhoundbus setzen und in Richtung Grand Canyon fahren, zu den Rockies, zur Golden Gate Bridge und ans Meer. Sie sind sehr schön.«

»Nein. Ich blicke zurück. Ich blicke über die Schulter. Ich blicke nach Osten, nach Polen, Russland, nach Deutschland. Ich denke nie an Kalifornien.«

»Okay, okay, ich verstehe.«

Die Frau legt ein paar Dollarscheine auf den Tisch und steht auf.

»Hey, hätten Sie noch einen Schein übrig?«

»Ja«, sagt sie. »Ich würde dir noch mehr geben, ich hab aber leider nicht genug dabei.«

Sie legt einen Dollarschein auf den Tisch.

»Das ist George Washington, mein Lieblingsgesicht auf der ganzen Welt. Sie geben mir kein Geld, Sie geben mir ein Gesicht«, sagt er.

Die Frau verlässt das Odessa. Weiße Kondensstreifen überziehen den Himmel.

Zwei Frauen kommen aus der schwarzen schmiedeeisernen Tür des Peter Jarema Bestattungsinstituts. Beide tragen Trauer. Eine hat ein schwarzes Tuch auf dem Kopf. »Man vermisst sie erst, wenn sie nicht mehr da sind«, sagt sie.

»Meine Liebe«, erwidert die andere, »was geschehen ist, kann man nicht rückgängig machen.«

DER WISSENSCHAFTLER

An der Ecke Houston Street und Mott stehen neben einem Stapel großer schwarzer, zum Bersten voller Müllsäcke ein altes dreckiges Sofa und zwei Holzstühle auf dem Bürgersteig. Auf dem Boden liegt eine Lampe mit zerrissenem Lampenschirm neben einem durchsichtigen Plastikbeutel mit kaputten Glühbirnen.

Die Frau denkt an das Ghetto, die Räumungsbefehle an den Türen, eingeworfene Scheiben und Möbel auf der Straße. Sie weiß, dass die Vertreibung zu ihrem Erbe gehört. Sie wird ihre Taschen packen und sich Kartons aus dem Supermarkt holen müssen. Teilen sie alles auf? Sechs Teller für ihren Mann und sechs für sie. Was ist mit dem Silber? Wer bekommt das Gemälde? Ihre Stühle werden aufgereiht auf dem Bürgersteig stehen, und sie wird sie aus ihrer Ehe davontragen.

Die Frau geht ein Stück die Straße hinunter bis zur Milano Bar und wirft einen Blick hinein. Auf einem Plakat an der Scheibe ist ein Rockkonzert angekündigt: *Spontaneous Generation und Ice Pick, Samstag, 22 Uhr.*

Spontanzeugung. Die Frau formt die Silben mit den Lippen.

Sie weiß, dass die Menschen früher glaubten, Aale entstünden von allein aus dem Schlamm und Maden aus verfaultem

Fleisch. Wenn sie eine Fliege wollten, stellten sie Honig vors Fenster. Wenn sie eine Maus wollten, legten sie Lumpen und Mais in den Schrank. Ein Regenbogen wuchs aus Steinen. Ein Schmetterling aus Staub und einem Stück Seide.

Neben dem Milano lehnt eine tote Weiden-Eiche an der Mauer, wie ein ausgedienter Weihnachtsbaum. An den Zweigen hängen gebrauchte Teebeutel. Die kleinen roten Twinning-Lapsang-Souchong-Schildchen sehen aus wie viereckige rote Blätter.

Die Frau bleibt neben dem Teebeutelbaum stehen, umgeben vom bittersüßen Teegeruch. Sie denkt an chinesische Boote und Häfen, den Duft von Reis und Seide, die Farbe Rot und an Drachen. Ein Geruch nach Ferne.

Neben dem Teebeutelbaum fragt sie: »Kann man jemanden lieben, dem man nie begegnet ist? Kann man jemanden aus der Vergangenheit lieben, aus einer anderen Zeit?«

Sie weiß, dass die Antwort Ja lautet, und sie weiß, dass sie auch zu den Toten gehört, dem Stamm, und dem Müll des Müllmanns.

Die Frau liebt einen Mann. Sie liebt Louis Pasteur.

Neben dem Teebeutelbaum denkt sie: »Für mich als Bibliothekarin, als eine Frau, die Bücher hütet, steckt die Zeit in den Worten. Ich achte nur darauf, wie sie benutzt wird:

Das ist die Vergangenheit: Als du hierherkamst, nachdem du den Sommer in Arbois verbracht hast, warteten Experimente auf dich. Es war Oktober. Die zufällige Entdeckung war an der Zeit. Du wusstest, dass man aus Holz keine Motte machen kann. Und aus einem Atemhauch keine Frau. Du warst bei mir, als es passierte. Ich wollte es dir schon lange erzählen. Ich gab dir alles, was du nicht sehen kannst.

Das ist die Gegenwart: Es ist Oktober. Die zufällige Entdeckung ist an der Zeit. Du weißt, dass man aus Holz keine Motte machen kann. Ich gebe dir alles, was du nicht sehen kannst.

Das ist die Zukunft: Du wirst bei mir sein, wenn es passiert.

Und dann gibt es noch die Zukunft in der Vergangenheit: Ich hatte das Gefühl, dass ich dich kennenlernen und dich lieben würde. Ich würde dir alles geben, was du nicht sehen kannst.«

Die Frau kennt sämtliche Bücher in der Bibliothek über Louis Pasteur und seine Entdeckungen in der Bakteriologie, über seine Widerlegung der Theorie der Spontanzeugung, über Kristalle und den Tollwutimpfstoff.

Sie stellt ihm Fragen in der Gegenwartsform. »Haben Sie zu Hause das Wasser versteckt? Wenn man Tollwut hat, kann man kein Wasser sehen, oder? Der Durst ist unerträglich, oder? Man kann so viel trinken, dass man ertrinkt, oder? Haben Sie zu Hause das Wasser versteckt?«

Sie kennt die Antwort. »Ich habe immer heimlich getrunken. Eine Fensterscheibe kann aussehen wie Wasser. In einem leeren Glas war vorher Wasser. Ich verstecke Gläser, Krüge, Teekannen und Tassen. Ich bete, dass es nicht regnet. Selbst Licht kann aussehen wie Wasser.«

»Was, wenn es geregnet hat?«

»Dann habe ich mir die Wölfe im Wald vorgestellt.«

»Der Wolf hatte Tollwut, richtig?«

»Richtig«, antwortet er.

In einem Buch über Louis Pasteur und seine Entdeckung des Tollwutimpfstoffs war ein Foto von Joseph Meister aus dem Jahr 1885. Meister lehnt mit dem Ellbogen auf einem Fransensessel. Unter den sauberen, nach Wollwachs riechenden Kleidern sieht man vierzehn Hundebisse an Händen, Armen und Beinen. Die Behandlung bestand aus vierzehn Injektionen über einen Zeitraum von zehn Tagen. Joseph Meister war der erste Mensch, der von Pasteur gegen Tollwut geimpft wurde.

Die Frau kennt Pasteurs Worte auswendig. »Joseph Meister wurde unter dem Hund hervorgeholt, er hatte Spuren von Speichel und Blut am Körper. Im Magen des Hundes fand man Heu, Stroh und Holzsplitter, was als sicheres Zeichen für Tollwut gilt. Da mir der Tod des Kindes unausweichlich erschien, beschloss ich, nicht ohne große Sorge, wie man mir glauben mag, an Joseph Meister die Methode auszuprobieren, die ich bereits erfolgreich an Hunden angewandt hatte.«

Während die Frau neben dem Teebaum steht, kommen zwei Feuerwehrwagen angefahren, ein anfangs leise anschwellender Ton, dann, als sie vorbeirasen, ohrenbetäubend schrill. Die Sirenen schießen wie Elektroschocks durch ihren Körper. Sie sieht hoch zu den Feuertreppen entlang der Straße und sucht nach Rauch.

Die Frau denkt: »Als das Schicksal vor dir stand, Doktor, warst du auf einmal so groß wie die Tür und hast die Augen geschlossen. Ich küsse deine Augen, hier in der Gegenwart, mehr als hundert Jahre entfernt. Kann man jemanden lieben, dem man nie begegnet ist? Kann man jemanden aus der Vergangenheit lieben, aus einer anderen Zeit? Ja, ja und ja.«

Die Frau stellt sich direkt unter den Teebeutelbaum. Um den Baum herum liegen lose Teeblätter. Auf dem Bürgersteig ist neben ein paar Initialen das Jahr 1885 in den Stein gemeißelt.

1885, als die Freiheitsstatue an Bord des französischen Frachters Isere Manhattan erreichte und das Jiddische Theater öffnete, gab es in New York Kinder, die Pasteur vor der Tollwut rettete.

Unter dem Teebeutelbaum sieht die Frau sie so, wie es damals war, nur ein paar Straßen entfernt: vier amerikanische Kinder ausgestellt in einem Ladenfenster an der Bowery in Downtown New York. Das jüngste ist fünf Jahre alt. Sie drehen und verbeugen sich wie Freaks im Zirkus. Sie zeigen ihre Arme und Beine, heben ihre Hemden und entblößen die Bäuche. Auf der Haut sieht man die roten Narben von Hundebissen. Tausende von Leuten kommen von überall her, um es mit eigenen Augen zu sehen. Derselbe tollwütige Hund hat alle vier Jungen gebissen.

Unter dem Teebeutelbaum hört sie kaum wahrnehmbare Geräusche: blinzelnde Augen, Münder, die sich öffnen und schließen, Haut an Haut, unausgesprochene Worte.

Ein Flugzeugmotor ertönt über ihr. Es ist ein wolkenloser Tag. Der Himmel ein kristallklares, durchsichtiges Glas, eingerahmt von Gebäuden, Laternenpfählen, Feuertreppen, Vordächern und Bäumen.

Die Frau denkt: »Bevor wir lesen konnten, sogar noch bevor es das Alphabet gab, konnten wir Tierspuren lesen.«

Ein Flugzeug fliegt über ihnen. Es ist ein wolkenloser Tag. Der Himmel ein kristallklares, durchsichtiges Glas. Sie sieht die Leitern der Feuertreppen und denkt, dass sie alle in den Himmel führen.

Die Frau denkt: »Wir haben die Spuren am Boden gelesen, die Spuren der Tiere, und wussten, was dort langgelaufen war. Wir wussten, ob ein Wolf im Wald war. Wir wussten, ob Gefahr drohte. Man kann sich das Alphabet als Tierspuren vorstellen. Tiere, die über eine Seite laufen. Der Buchstabe Z ist die Spur eines Monsters. Ich habe dich gewarnt.«

Das kleine Stück Himmel zwischen den Hochhäusern ist voller weißer Streifen, die die Flugzeuge kreuz und quer hinter sich herziehen.

»Was können wir wissen und was werden wir nie wissen?«, fragt sie.

Louis Pasteur schrieb: »Der Zufall hilft dem vorbereiteten Geist. Ist Ihnen aufgefallen, wem so etwas passiert? Der Zufall hilft nur einem vorbereiteten Geist. Lassen Sie sich nicht von sinnloser Skepsis anstecken. Wissenschaft kennt keine Heimat, denn das Wissen gehört der Menschheit, es ist der Leuchtturm, der die Welt erleuchtet. Das Universum ist asymmetrisch. Ich stehe am Rande der Mysterien, und der Schleier wird immer dünner.«

Sie sieht ihn am Fenster stehen, umgeben von Bottichen, Messbechern, Kolben, Reagenzgläsern, Trichtern und kleinen Öfen. Sie sieht ihn das Wasser verstecken.

Die Frau denkt: »Gibt es einen negativen Zufall? Die Möglichkeit, dass man sich entliebt, das Los, den, den man geliebt hat, nicht mehr zu lieben?«

Ein junger Mann eilt an ihr vorbei. Er rennt sie fast um. Er ist komplett in Schwarz gekleidet und trägt eine schwarze Wollmütze auf dem rasierten Kopf. Ein Dreitagebart schmückt sein Gesicht. Er hat aquamarinblaue Augen. Statt zu Boden fällt sie gegen den Teebeutelbaum.

Der Mann schaut über die Schulter. Er hält ihr die Hand hin, um sie aufzurichten.

»Tut mir leid«, sagt er. »Ich hab Sie nicht gesehen.«

»Schon okay.«

Er greift nach ihrer Hand und zieht sie sanft vom Baum weg.

Seine Hand hält ihre Hand. Ihre Lebenslinien drücken gegeneinander. Ihre Lebenslinie liegt auf seiner, sie sind Straßen, die sich auf der Haut kreuzen. Ihre Herzlinie kreuzt seine Schicksalslinie. Seine Merkurlinie kreuzt ihre Sonnenlinie.

Er hält weiter ihre Hand und schiebt seine Finger zwischen ihre, sodass ihr Ringfinger an seinem Apollofinger liegt.

Ihre Hände sind Seiten, die in ein Buch gepresst werden: Seite 49 an Seite 50, zusammengeworfene Buchstaben, zusammengeworfene Leben. Als die Furchen in ihren Handflächen aufeinandertreffen, berührt sein Verbrechen ihr Haus. Seine Rutsche spielt neben ihrer Schaukel. Seine Messer liegen an ihren Löffeln. Die Wörter *Antworte mit Ja. Selbst wenn du vor Angst stirbst, selbst wenn du es später bereuen solltest, denn du wirst es auf jeden Fall dein ganzes Leben lang bereuen, wenn du Nein sagst* drücken gegen *Du hast wieder Lügen geträumt, Susana.*

Der junge Mann hat drei Tränen auf die Wange tätowiert, sodass es aussieht, als hätte er geweint. Die Tränen sind mit blauer Tinte tätowiert.

Die Frau atmet den Staub ein, den Gips, das Glas, verbrannte Stromkabel und zerbrochene Spiegel aus den Trümmern der Twin Towers. Ein unsichtbarer, mikroskopisch feiner Staub von den Trümmern liegt über der Stadt, nimmt den Menoras den Glanz und wird für immer bleiben.

DER RÄUBER

An der Ecke 7th Street und Avenue A sitzt eine Obdachlose auf einem Stapel alter Zeitungen. Zwei Einkaufswagen mit Dutzenden von Plastiktüten stehen vor ihr. Pappkaffeebecher stapeln sich neben Lumpen, zusammengeknoteten Tüten und einer Spielzeugfeuerwehr mit weißer Plastikleiter. Die Frau trägt mehrere Schichten Klamotten, dazu eine alte graue Wollmütze und durchlöcherte Handschuhe. Vor einem der Einkaufswagen hat sie einen Schuhkartondeckel aufgestellt, auf dem steht: *Jede Hilfe willkommen.*

Die Frau hockt sich neben die Obdachlose. Von Nahem, auf Augenhöhe, stellt sie fest, dass sie gar nicht alt ist. Sie sieht nur alt aus, weil sie schmutzig und ungepflegt ist. Zwei hübsche braune Augen strahlen sie an.

Die Obdachlose sagt: »Jemand hat gesagt, er habe gehört, was ich von jemandem gehört habe, der gehört hat, jemand habe gesehen und zu jemand anderem gesagt, dass jemand jemanden gesehen hätte, der gesagt habe, hier liefe ein Mann mit einem Gewehr herum. Haben Sie ihn gesehen? Haben Sie von jemandem davon gehört?«

»Nein. Ich habe nichts gehört.«

Ein dunkler Geruch nach alter feuchter Pappe umgibt die Obdachlose.

»Also, was ist passiert?«, fragt die Frau.

Die Obdachlose sieht sie an und kneift die Augen zusammen. »Sie stellen *mir* eine Frage?«

Sie spricht leise und langsam. Mit leichtem ausländischem Akzent.

»Sie stellen mir eine Frage? Niemand stellt mir Fragen. Sie sind die Erste. Nicht mal die Polizei stellt mir Fragen.«

»Mögen Sie keine Fragen?«

»Ich glaube nicht, dass es Sie etwas angeht, wie ich hier gelandet bin. Wollen Sie mir helfen oder nicht? Wenn Sie nur hier sitzen und reden wollen, daran hab ich kein Interesse.«

»Tut mir leid. Ich wollte nur wissen, warum Sie auf der Straße leben.«

»Helfen Sie mir jetzt oder nicht?«

»Ich habe kein Geld dabei.«

»Dann verschwinden Sie. Sie verderben mir den Tag. Verschwinden Sie.«

Die Frau sieht die Obdachlose an und schaut dann auf ihre eigenen Hände.

»Hier, nehmen Sie das«, sagt sie und holt ihren Ehering aus der Tasche.

Die Obdachlose nimmt den Ring, zieht ihren schmutzigen Handschuh aus und steckt sich den Ring auf den Finger. Sie streckt die Hand aus und betrachtet ihn. Ihre Hand ist schön, ganz weiß und sauber, ohne irgendwelche Flecken. Eine Hand, die auf eine Leinentischdecke oder in die Tasche eines Nerzmantels gehört.

»Jetzt sind wir verheiratet«, sagt die Obdachlose.

»Ja. Jetzt bist du meine Frau.«

»Aber du darfst mich nicht betrügen. Das mag ich nicht. Wenn du mich betrügst, muss ich dich steinigen. Wie viele Steine brauche ich, um dich zu töten?«

»Wie groß sind die Steine?«, fragt die Frau.

»Laut Gesetz müssen die Steine so groß wie deine Hand sein.«

»Ich kann nicht versprechen, dass ich dich nicht betrüge.«

»Ich schätze, ich brauche mindestens dreißig Steine, um dich zu töten. Ist es das wert?«

»Ja, das ist es.«

»Geh weiter, verschwinde«, sagt die Obdachlose. »Na los. Verschwinde, hau ab. Wenn du noch länger hier rumhängst, willst du bestimmt gleich deinen Ring zurück.«

»Nein. Nein, wirklich nicht. Er gehört dir.«

»Auf Wiedersehen. Leb wohl. Mach's gut«, sagt die Obdachlose und winkt sie weg. »Los, verschwinde!«

Die Frau steht auf und geht die Straße hinunter. Ein Schatten bewegt sich über den Boden. Seit einiger Zeit hat sie immer wieder einen Schatten vor ihrem Fenster gesehen. Der Schatten ist auf der Feuertreppe. Für einen Räuber ist eine Feuertreppe ein Eingang und kein Ausgang.

Tagelang saß sie am Fenster und dachte an den Räuber. Sie sah die Bäume und die Vogelnester, die aus allem Möglichen bestehen, was Vögel so finden. Sie weiß, dass in manchen Vogelnestern in ihrer Straße wahrscheinlich Strähnen von ihrem Haar sind.

Sie geht weiter und denkt, dass der Räuber die Treppen hochklettert, als würde er einen Baum hochklettern. Sein Schatten hat keine Gestalt – er ist da und gleichzeitig auch nicht. Er will ihre Perlen und Diamanten stehlen und das Geld, das unter der Matratze liegt. Er ist wütend, wenn sie die Vorhänge zuzieht.

Er will die Perlen, die ihr Mann ihr an dem Tag geschenkt hat, als ihre Tochter geboren wurde.

Er will die drei Diamanten, die ihre Urgroßmutter aus Odessa in die Säume ihrer Kleider eingenäht hat.

Die Frau läuft in Richtung East River, vorbei an Hydranten, Laternenpfählen und Bergen von schwarzen Müllsäcken, aus denen es beißend und verfault sickert.

Der Fremde, der sie am Arm packt, als sie durch die 7th Street zum Wasser läuft, ist der Räuber. Völlig überraschend greift er aus dem Schatten eines Backsteingebäudes nach ihr. Sie schreit auf, aber er hält ihr mit einer Hand den Mund zu, während er ihr mit der anderen ins Haar greift und ihr Gesicht gegen die Backsteinmauer drückt.

»Ganz ruhig, Schätzchen«, flüstert er, als er von ihr ablässt, sie aber weiter an die Wand drückt, indem er ihr sein Knie ins Bein bohrt.

Die Frau kann ihn nicht sehen, sein Gesicht ist hinter einer Wollskimaske versteckt. Aber sie kann ihn riechen, er riecht nach Schweiß, nach Mandeln und Honig.

Der Räuber fängt an, die Vordertaschen ihrer Jeans zu durchsuchen. Sie spürt, wie seine Hände in ihren Taschen und an ihren Beinen herumfingern.

»Was ist das?«, fragt der Räuber. Er holt ein Stück Papier aus der Jeans. Es ist der zusammengefaltete Zettel, den ihr der Soldat gegeben hat.

»Jedenfalls kein Geld!« Wütend knüllt er das Papier zu einer Kugel zusammen und wirft sie auf den Boden. »Du hast keinen Cent! Wo wohnst du? Gehen wir zu dir?«

»Nein, nein. Ich wohne nicht in der Gegend.«

»Hast du Angst vor der Dunkelheit?«

»Nein.«

Die Frau dreht sich schnell um und will weglaufen, stolpert aber über den harten Stiefel des Räubers und fällt der Länge nach hin. Ihre Wange schrammt über den kalten Asphalt. Sie schürft sich die rechte Hand auf und spürt ein Brennen.

»Hey, alles in Ordnung?«, fragt der Räuber und hilft ihr auf. »Tut mir leid. War das meine Schuld?«

Sie fasst sich an die Wange. Der Räuber dreht sie herum und sieht sich ihr Gesicht an.

»Alles okay. Ist nur ein Kratzer.«

Er packt sie an der Bluse, zwischen den Brüsten, so wie ein Mann einen anderen am Hemd packt.

»Hör zu«, sagt er. »Du bist mir über den Weg gelaufen. Du bist zu mir gekommen. Du bist ein Traum, den ich hatte. Ich erinnere mich.«

Er nimmt ihre Hand.

»Ich begleite dich«, sagt er. Er hält ihre Hand fest. »Los, komm.«

Der Bürgersteig ist übersät von runden, fettigen dunklen Kaugummiflecken.

»In New York kannst du tagelang durch die Straßen laufen, ohne eine Schnecke, einen Tausendfüßler oder einen Wurm auf dem Boden zu sehen«, sagt der Räuber. »Nicht mal eine Ameise.«

Der Räuber hält ihre Hand fest umklammert.

Eine Spielkarte liegt mit dem Bild nach oben auf dem Boden. Es ist die Kreuzdame.

»Es gefällt mir nicht, eine einzelne Karte da liegen zu sehen«, sagt der Räuber. »Das ist kein gutes Zeichen.«

»Warum?«

»Hier auf der Straße wird eine Wahrsagekarte daraus. Die Karte, die du aus dem Stapel gezogen hast. Es hat eine besondere Bedeutung, dass die Karte dort liegt. Tritt bloß nicht drauf.«

»Was für eine Bedeutung?«

»Dass du nicht die Herzdame bist, sondern die Kreuzdame. Das ist die Karte, die aus dem Stapel gefallen ist. Es bedeutet, dass mein Mantel dich nicht wärmt. Es bedeutet, dass du einen Dieb beklauen willst. Es bedeutet, dass du auf einem Pferd eine Leiter hochsteigen willst.«

Er nimmt ihre Hand, legt ihr einen Arm um die Taille, knickt sie um und bricht sie in der Mitte durch. Er beugt sich über sie und küsst ihren Hals. Sie spürt sowohl die Wollmaske als auch seine Lippen auf der Haut. Den linken Arm bewegt er nicht. Unter seiner Achsel steckt ein Messer mit einer fünfundzwanzig Zentimeter langen Klinge.

Der Räuber sagt: »Ich könnte dir nie wehtun. Damit schneide ich das Essen, das ich stehle.«

»Woher kommst du?«

»Aus Ägypten, aus einem Dorf in der Nähe von Kairo, in der Wüste.«

Der Räuber krempelt den Ärmel hoch und zeigt ihr seine Tattoos. Eins ist ein Skarabäus und das andere ein Löwe.

»Hieroglyphen«, sagt er.

Er hält ihr die Hand auf den Mund. »Bitte frag mich nicht nach den Pyramiden«, sagt er. »Alle fragen mich danach. Ich rede lieber über Hieroglyphen, vor allem über die Worte des himmlischen Fährmanns: *Die unvergänglichen Sterne, und ich werde nicht untergehen. Die unermüdlich Schwimmenden, und ich werde nicht müde zu schwimmen. Der eine, der nicht aus dem Wasser gezogen, und ich werde nicht aus dem Wasser gezogen.*«

Die Frau schmeckt das Salz und den Sand an seiner Hand. Sie riecht den Papyrus, das Grab, die Pyramide und den Pharao.

»Komm, wir gehen«, sagt er. »Es ist zu heiß heute.«

Sie laufen über Wasserleitungen, U-Bahn-Schächte, Kanalisation, Dampfabzüge, Gullys und Kohlenrutschen.

Der Boden bebt, als unter ihren Füßen eine U-Bahn durch den Tunnel rast.

»Sieh dir die Gullydeckel an«, sagt der Räuber. »Die vielen Muster und Formen. Einige führen direkt zum Croton-Aquädukt.«

Während sie die 7th Street hinunterlaufen, sehen sie zwischen zwei Autos eine große Pfütze. Beide starren sie ins Wasser. Er beugt sich vor, zieht die Stiefel aus, und sie schlüpft aus ihren Ballerinas, dann treten sie barfuß in die trübe Lache.

Die Frau stellt sich vor, wie die Pfütze tiefer wird, bis sie irgendwann die Arme ausbreitet und losschwimmt. Der Räuber folgt ihr, zusammen schwimmen sie die Straße entlang, vorbei an den Brownstone-Häusern in Richtung Uptown, über den Broadway und dann die 5th Avenue hoch und um das Empire State Building herum. Sie küsst den Räuber unter Wasser. Er pustet ihr Luftblasen in den Mund. Er sagt: »Ich nehme dich mit in die Wüste. Wir fahren über den Ozean nach Afrika. Die Wüste heißt Bahr Bela Ma – Meer ohne Wasser.«

In diesem Meer gibt es Sandstürme, Nomaden, ausgeblichene Skelette, giftige Schlangen, Skorpione, Schotter und Gestein.

Die Frau öffnet die Augen. Der Räuber steht noch in der Pfütze.

»Du bist sehr still«, sagt er. »Redest du nicht gern?«

»Ich bin voller Erinnerungen an Dinge, die mir nicht passiert sind«, erklärt die Frau.

»Ich bin in deiner Wohnung gewesen und habe nach dir gesucht, aber du warst nicht da. Ich habe Wasser aus deinem Glas getrunken. Ich habe von deinen Tellern gegessen. Ich habe deine Gabeln und Löffel geschmeckt.«

Die Frau schaut in den Himmel, wo sich eine große Wolke vor die Sonne geschoben hat.

»Ich habe deine Schubladen aufgezogen und mir deine Pullover und Schals angesehen. Ich habe den Medizinschrank im Badezimmer aufgemacht und mir deine Medikamente angesehen.«

»Hast du etwas gestohlen?«

»Ja, natürlich.«

»Was hast du gestohlen?«

An den Wänden in ihrem Körper sieht sie: ihre innere Welt aus Ziegeln und Steinen: ihre innere Welt aus Straßen, Häusern und Kathedralen. In ihrem Arm eine Bibliothek, in der Hand die Straßenkarte. Sie sieht in sich hinein. Wenn sie durch ihren linken Arm geht, sind sie in einem Krankenhaus. In ihrem rechten Arm ist eine Bibliothek mit reihenweise staubigen Büchern. Sie sieht das Buch, das sie gestern gelesen hat. »Der

Reisende bricht unterwegs zu seinem höchsten Verdruss ein Rad und gelangt durch diesen unangenehmen Zufall zu den erfreulichsten Bekanntschaften und Verbindungen, die auf sein ganzes Leben Einfluss haben. Das Schicksal gewährt uns unsre Wünsche, aber auf seine Weise.«

Der Räuber zündet sich eine Zigarette an. Sie sieht zu, wie er sie in das maskierte Gesicht steckt und wieder herauszieht. Das Gesicht ist nur noch Rauch und Feuer.

»Hast du es nicht gemerkt?«, fährt der Räuber fort. »Hast du nicht gemerkt, was in der Wohnung fehlt?«

»Ich überlege gerade …«

»Kannst du dich an Dinge erinnern, die nie passiert sind?«, fragt der Räuber. »Du musst dich an Dinge erinnern können, die nie passiert sind. Vielleicht hab ich mich auch geirrt und war am Ende gar nicht bei dir.«

»Ich lese. Ich bin voller Geschichten, die ich nie erlebt habe. Deswegen sehne ich mich nach bestimmten Dingen, und manchmal begegne ich auch Menschen, denen ich nie begegnet bin.«

Sie denkt an die Welt draußen und an die Welt in ihr.

»In einem Buch«, sagt sie, »kann ich durch eine Straße laufen und bin plötzlich in einem Moor, allein, in der Dämmerung. Ich kann über den Bürgersteig laufen und bin in einem Schlafzimmer, in dem ich geliebt werde, und der Teppich ist die

Heide, und die Bäume sind Männer, die mich lieben. In Büchern sprechen die Schatten miteinander. In der Küche wächst auf dem Boden Gras. Eine Kerze ist ein Stück vom Mond. Es kann ein Happy End geben.«

»Mir geht es genauso. Die ganze Zeit. Räuber wollen alles. Aber sie wollen nur das, was anderen gehört.«

»Ich habe das Gefühl, Klavier spielen zu können. Jedes Mal, wenn ich ein Weinglas sehe, denke ich an Robert Normans Entdeckung des Magnetfelds. Wenn ich Blumen in die Vase stelle, denke ich an Stephen Hales. Wenn es regnet, denke ich an Tränen.«

»Ich verstehe nichts von Naturwissenschaften, aber ich kann verstehen, dass man etwas will. Wenn ich deine Stimme stehlen wollte, müsste ich dich töten.«

»Hast du etwas aus meiner Wohnung gestohlen? Ja oder nein? Warst du da oder nicht?«

»Du kannst beruhigt schlafen. Schlaf ganz ruhig, und eines Tages nehme ich dich mit nach Bahr Bela Ma. In die Wüste.«

Die Frau sieht die Reste von Artilleriegeschossen, Landminen, Helme und halb vergrabene Granaten. Das Meer ohne Wasser ist auch eine Grabstätte.

Sie fängt an zu weinen. Tränen treten ihr in die Augen und rollen die Wangen hinab. Der Räuber wischt ihr mit seinen Taschentuchhänden übers Gesicht.

»Du weißt, dass wenn wir kein Wasser finden, wir unser eigenes Blut trinken müssen?«

»Ja.«

Sie weiß, dass sie der Sand des Sandmanns ist.

»Wusstest du, dass ein Arzt seinen Ehering, seinen goldenen Ring, in mir gelassen hat? Er ist ihm bei der OP vom Finger gerutscht. Sie haben beschlossen, mich nicht aufzuschneiden, um ihn rauszuholen«, sagt die Frau.

»Du hast Gold in dir? Einen Ehering? Wo? Wo?«

Er greift ihr unter die Bluse und berührt die Haut an ihrem Bauch.

»Du bist warm. Sehr warm«, sagt er.

Er umarmt sie, wirft sie nach hinten und bricht ihren Körper an der Taille durch. Ihr Haar fegt über den Bürgersteig. Als er sie küsst, spürt sie, wie er mit seinen schwarzen, blank polierten Stiefeln auf ihre Haare tritt.

»Du musst jetzt nach Hause gehen«, sagt der Räuber, spuckt in die Hände und putzt ihr das Gesicht mit seiner Spucke. Er lutscht an ihren Fingern.

Sie küsst seine Haare und atmet die Salz- und Oxidpartikel ein, den Staub von Kamelskeletten und den Geschmack von Schießpulver.

»Geh nach Hause«, sagt er. »Ich finde dich schon.«

Als sie geht, wringt sie sich das Wasser aus den Haaren, als wären es Putzlappen. Ihre Füße hinterlassen nasse Abdrücke entlang der 7th Street. Sie riecht Schuhcreme im Haar.

In ihrem Tagtraum findet sie ihren Stamm.

DER BANKER

Zwei Schwarze Männer mittleren Alters sitzen nebeneinander auf den Stufen vor einem Brownstone-Haus. Einer trägt einen weißen Laborkittel über seinen Kleidern. Die Metallleisten der Feuertreppe werfen Schatten auf ihre Gesichter, sodass sie gestreift aussehen.

Die Frau hört den Mann im Kittel sagen: »Ja, gut, ich glaube, dass Newton etwas beschreibt, das mit *Wandel* oder *Verdrängung* seitens dieser geheimnisvollen Naturkräfte zu tun hat.«

Die Frau bleibt stehen und tut, als suche sie in ihren Taschen nach etwas. Sie will mehr hören, will wissen, worüber die beiden reden. Sie steckt die Hände in die leeren Taschen. Sie hat den Beutel mit dem Gras und den Ehering des Arztes verloren. Sie hat ihren eigenen Ehering weggegeben, und der Räuber hat den Zettel vom Soldaten weggeworfen.

Die Männer sehen zu ihr rüber und hören auf zu reden.

Die Frau geht weiter in Richtung Jacklight Gallery an der 7th Street, nicht weit von ihrem Zuhause.

Sie kommt an und drückt praktisch das Gesicht an die Glastür, um zu sehen, ob die Galerie geöffnet hat. Drinnen ist es dunkel, in der Ecke brennt eine Kerze. Sie öffnet die Tür. An der Wand steht: *Es gibt keine Liebe, nur Liebesbeweise.*

Die Bilder sind in erster Linie Porträts auf Holz. Ein Bild von der Ermordung Mary Pinchot Meyers hängt an einer Wand. Die Tote liegt am Boden, und das Blut, das aus ihr sickert, sieht aus wie der Schwanz einer Meerjungfrau. Auf einem anderen Bild von ihr dringt eine Kugel in ihre Brust, zusammen mit den Worten »Schuss Mary Pinchot Schuss«.

Auf einem Tisch liegen kleine Stapel Postkarten. Auf einem lilaroten Motiv sieht man Mary Pinchot und JFK zusammen lachen. Darunter steht: »Veilchen zeugen Veilchen.«

Ein Bild heißt »Zwei Witwen: Miss Socrates und Miss Plato«. Ein Porträt von Eisenhower, der vom Blitz getroffen wird, hängt an einer Wand neben dem Bild von einer Frau, auf dem unten »Mary Magdalene Shampoo« gekritzelt steht.

In der kleinen Galerie riecht es nach Katzen, Ölfarbe und grünem Tee. Auf einem Tisch steht ein flacher Teller mit Cannabissamen.

Ein zartes Gemälde von Frauen in Kimonos, die sich vor Bäumen und Blumen verneigen, steht an einer Wand neben einer Leinwand, auf der der Brand in einem Wachsfigurenkabinett samt schmelzender Kleopatra abgebildet ist.

Die Frau will gerade gehen, als er ihr die Hand auf den Arm legt.

Er packt sie am Handgelenk und hält sie fest.

Er. Er. Er.

Sie spürt ihn kommen, spürt die Bewegung seines Körpers neben ihr. Sie denkt, sie würde am liebsten eine Treppe runterlaufen.

Er lässt von ihr ab und sagt: »Ich stand draußen vor der Galerie unter einem Baum und habe auf Sie gewartet. Sie waren eine Ewigkeit hier drin.«

Die Frau streckt die Hand nach seinem Mund aus. Er küsst die Innenseite ihrer Hand.

Er. Er. Er.

Der Banker trägt einen grauen Anzug und eine rote Krawatte. Er hat hellbraune Haut und große braune Augen. Sein kurz getrimmter Bart wird allmählich grau. Er ist groß und athletisch gebaut. Sie spürt den muskulösen Läufer unter der Merinowolle.

»Kommen Sie«, sagt er. »Sollen wir in die Tile Bar in der 2nd Avenue gehen?«

»Ja.«

Der Banker nimmt sie am Arm und sagt: »Bitte gehen Sie links von mir, damit Sie näher an meinem Herzen sind. Wenn Ihr Herz einmal außerhalb von Ihrem Körper war, sind Sie nicht mehr derselbe Mensch. Deshalb möchte ich Sie gern zu meiner Linken haben.«

»Was meinen Sie damit?«

Der Banker löst seinen Krawattenknoten und knöpft die oberen drei Knöpfe von seinem Hemd auf.

Mitten auf seiner Brust verläuft eine Narbe vom Brustbein bis unter die Rippen.

»Wenn man eine Operation am offenen Herzen hatte und das Herz außerhalb des Körpers war, ist man nicht mehr derselbe. Seit meiner Operation kann ich nicht mehr weinen.«

»Ja, ich verstehe, was Sie meinen. Ich habe mal einen Arzt kennengelernt, der mir das erklärt hat. Es ist der Blutkreislauf. Vielleicht hat es die Geister in Ihnen aufgescheucht, als man Ihnen das Herz rausnahm.«

»Genau das ist passiert. Und jetzt kann ich nicht mehr weinen.«

Die Frau berührt mit den Fingerspitzen seine Brust.

»Sie waren offen. Wie alt sind Sie?«

»Sechsundvierzig. Zu jung und zu alt.«

Der Banker und die Frau laufen in Richtung Tompkins Square Park. Vor dem Park sehen sie ein altes chinesisches Paar in

Rollstühlen dicht beieinanderstehen. Auf einer Parkbank sitzen zwei Krankenschwestern und werfen den Tauben Brotkrumen hin. Die beiden Alten sitzen regungslos da – Puppen mit kaputten Armen und ohne Beine, die darauf warten, ins Puppenkrankenhaus zu kommen.

Die Frau und der Banker kommen am De La Vega Museum vorbei, einem kleinen Laden. Auf dem Bürgersteig davor stehen drei Plastikstühle mit jeweils einem Schild und der Aufschrift: *Nur für Juden.*

Im Schaufenster hängen T-Shirts mit aufgedruckten Sätzen: *Mexikanischer Fisch, Realiza tu sueño* und *Leg nie dein Schicksal in die Hände eines anderen.*

In der Tile Bar ist niemand außer dem Barkeeper. In der Jukebox hinten läuft Baby I Love You von den Ramones. Sie setzen sich auf Barhocker ans Fenster, mit Blick auf die 1st Avenue. Der Banker bestellt einen Single Malt mit extra Wasser, die Frau ein Glas Rotwein.

»Wenn Sie Bibliothekarin sind, lesen Sie wahrscheinlich viele Bücher, oder?«, fragt der Banker.

Statt auf eine Antwort zu warten, nimmt er ihre Hand und küsst die Innenfläche.

»Was werden Sie mir schenken?«, fragt die Frau.

»Ich schenke Ihnen einen Teil der Ernte, eine Portion Teig und die erste Schur der Schafe.«

»Mehr will ich nicht.«

»Aber ich schenke Ihnen noch mehr. Ich schenke Ihnen etwas, das für den Tempel bestimmt ist.«

»Ich fühle mich geehrt«, antwortet sie und streicht ihm über die Wange.

»Das Wichtigste ist, dass ich Ihnen sämtliche Urkunden für meine Grundstücke schenken werde. Mehr kann ein Mann einer Frau nicht geben. Sie bekommen alles. Wenn du einer Frau ein Stück Erde schenkst, ein Stück Boden, wird Gott dich ewig lieben. Mein Vater hat immer gesagt, es ist nicht die Frau, die dich ewig liebt, sondern Gott.«

Die Frau nimmt die Hand des Bankers. Sie küsst seinen Handrücken, als wäre sie seine Dienerin.

»Sie würden einem Fremden tatsächlich etwas schenken?«, fragt sie.

»Ich wollte immer schon durch die Straßen laufen und einem Fremden etwas schenken, insbesondere einer Frau.«

»Ja, das verstehe ich. Mir ging es genauso.«

Die Frau schaut auf ihre Hände, an deren Fingern kein Ehering steckt. Sie hat das Gold verschenkt samt all ihrer Gelübde.

DER LÖWENBÄNDIGER

Als sie allein aus der Bar kommt, segelt ein Piratenschiff vorbei. An Bord sind drei Piraten. Das selbstgebaute Pappschiff soll aussehen, als wäre es von Kanonenkugeln getroffen worden. Jeder, der durch die Straße läuft, vorbei an den Banken, Nagelstudios und indischen Restaurants, wirft einen Blick auf die großen Löcher an der Seite.

An der Ecke halten die Piraten an und werfen ihren Pappanker neben einer Parkuhr aus.

Auf der Flagge ist eine Armbrust aufgemalt.

Das Piratenschiff besteht aus zwei Fahrrädern, die von alten Pappkartonwänden umringt sind.

Einer der Piraten kommt auf sie zu und sagt mit Cockney-Akzent: »Guten Tag, Milady.«

Er trägt lange schwarze Reithosen, die in den Stiefeln stecken, und einen Dolch, der in seiner Weste steckt. An seinem Piratenhut hängt an der Seite eine lange Feder. Der Pirat hat einen Schnurrbart und einen runden goldenen Ohrring im Ohr.

Der Pirat überreicht ihr ein zusammengerolltes Blatt Papier, das an den Rändern verkokelt ist, damit es alt aussieht. Die

Frau wickelt es auf und liest: »Wer in dem dunklen stillen Grabe, wenn wir den ganzen Weg gegangen, beschließt die Geschichte unserer Tage?«

»Das ist Sir Walter Raleigh.«

»Ja, natürlich. Wusste ich's doch.« Sie gibt ihm das Papier zurück.

»Wollen Sie mich küssen? Sie wirken so traurig und verloren.«

»War das die spanische Armada? Haben die euch angegriffen?«, fragt die Frau.

»Nein, nein. Nur ein anderes Piratenschiff, mit dem wir an der Houston Street gekämpft haben.«

Die Frau macht einen Schritt, zwei Schritte, drei Schritte und küsst ihn auf die Wange. Seine Wange an ihrem Mund ist das Meer und schmeckt nach Sand, Salz und Sonne. Seine Worte schaukeln in ihr, »traurig und verloren«.

Es ist vier Uhr. Der Tag schließt die Tore, es ist stickig – ein heißes Zirkuszelt.

Der Geruch von gerösteten Erdnüssen und Laugenbretzeln liegt in der Luft.

Die Frau erinnert sich, wie der Tag begann. Wie ein unausgesprochenes Gebet, aber mit Worten darin, als würde sie sich selbst vorlesen, sie wusste, sie würde die Kerzen neben den

Vorhängen brennen lassen, würde barfuß laufen, mit Streichhölzern spielen, an Wände malen, die Finger in die Steckdose stecken, die Haustür offen lassen, über Rot gehen, im Dunkeln das Haus verlassen, mit der Schere in der Hand laufen, Süßigkeiten von Fremden annehmen, hinter einem Pferd herlaufen und vor Anbruch des Tages das Haus verlassen.

Die Manhattaner Luft riecht nach Zuckerwatte und Liebesäpfeln.

Der Löwenbändiger hockt im Eingang eines alten Brownstone-Hauses. Dort sitzt er einigermaßen im Schatten. Er hat glatte braune Haare, schütter und kurz, und freundliche Augen, die die ganze Zeit zu blinzeln scheinen. Er trägt ein sauberes weißes T-Shirt und Jeans. Dazu ausgetretene braune Schnürstiefel.

Der Löwenbändiger streckt die Hand aus, greift nach ihr und zieht sie zu sich heran. Auf seinem Schoß schlingt sie die Arme um ihn. Der Löwenbändiger leckt an ihrem Hals. Sie drückt die Hände an seinen Rücken. Das Herz schlägt ihr in den Handflächen. Sie hält seinen Brustkorb. Das alles dauert zwölf Sekunden.

»Ich war der erste Löwenbändiger, der einen Stuhl benutzt hat«, sagt er.

Er fordert sie auf, sich umzuschauen, ob sie irgendwo auch nur eine einzige streunende Katze sehe. In der ganzen Nachbarschaft seien die Katzen weggelaufen und versteckten sich.

»Ich brauchte nur eine Peitsche und einen Stuhl. Bestraft habe ich sie nie. In Afrika weiß jeder, dass Löwen nur selten Menschen fressen. Zu Menschenfressern werden sie meist aus Gebrechlichkeit. Wenn ihnen die Zähne ausfallen, wenn sie Stachelschweinstacheln in den Pfoten haben oder sich in einer Falle verletzt haben«, sagt er.

An seiner linken Hand sind Narben von Löwenbissen.

Der Löwenbändiger legt ihr den Arm um die Schultern. Sie sieht Narben von Klauen und Fangzähnen an seinem Arm. Er riecht nach den Löwenmähnen, die sie sich beim Sprung durch den Feuerreifen versengt haben.

»Ein wildes Tier kann niemand zähmen«, sagt er. »Man kann einen Löwen nicht steuern. Die Großkatzen werden vor der Vorführung nicht gefüttert, weil sie sonst einschlafen. Die Menschen im Zirkus lieben die Tiere, mit denen sie arbeiten. Die Hundetrainer lieben die Hunde, die Pferdeleute lieben die Pferde. Und alle lieben die Elefanten.«

Der Löwenbändiger greift in die Tasche und holt eine Rolle Life Savers raus. Er wickelt das Papier ab. Die Frau nimmt einen leuchtend roten Kirschbonbon und steckt ihn in den Mund. Der rubinrote Zucker löst sich auf ihrer Zunge auf.

»Bist du von zu Hause weggelaufen, weil du zum Zirkus wolltest? Bist du ein Ausreißer?«, fragt sie.

»Ja, wegen der Walshow. Meine Eltern lebten auf einer Farm in Nebraska. Sie bauten Mais an. Meine Mutter hat mir immer von der Walshow und vom Zirkus erzählt. Das war während der Weltwirtschaftskrise. Ein großer toter Wal wurde in einem Zug durchs Land gefahren, in einer offenen flachen Kiste.«

»Und dann?«

»Das Tier hatte die Augen geöffnet. Die Walaugen waren Spiegel, sie spiegelten die trockenen Maisfelder, die Traktoren und einen Himmel voll riesiger Staubwolken.«

»Bist du von zu Hause weggelaufen?«, fragt sie.

»Alle waren sie misstrauisch«, fährt der Löwenbändiger fort. »Während die Stadtleute in der Walshow waren, haben die Zirkusleute ihnen die Wäsche von der Leine gestohlen. Wie hätte es auch anders sein sollen? Im Zirkus gibt es professionelle Taschendiebe und professionelle Blinde und Krüppel. Ich sage immer, die Gesichter wechseln jedes Jahr, aber die Leute sind dieselben. Beim Zirkus wissen wir, dass sonntags immer einer eine Pistole trägt, als wäre es ein besonders gefährlicher oder eleganter Tag.«

»Als ich zehn, elf Jahre alt war, bin ich auch immer von zu Hause weggelaufen«, erklärt die Frau. »Mein Mut reichte nur ein paar Straßen weit. Ich wollte auf jeden Fall noch zurückfinden.«

»Echten Ausreißern ist das egal. Die wollen gar nicht zurück.«

»Ich wollte immer gefunden werden.«

Der Löwenbändiger drückt ihren Arm. Sie weiß, dass er damit Spuren auf ihrer Haut hinterlässt. Seine Fingerabdrücke bilden wie die Fingerabdrücke in den Akten von Straftätern eine Reihe von kleinen ovalen Labyrinthen auf ihrem Körper. In diesen eingedrückten Linien und Wirbeln ist er er und kein anderer.

Er zieht ihr Gesicht an seins und küsst sie. Sie hört die Zirkusmusik und riecht Formaldehyd, Zuckerwatte und Popcorn. In seinem Kuss hört sie die Peitsche, sieht den Schwertschlucker und die siamesischen Zwillinge. Er küsst sie um das Karussell herum und das Riesenrad hoch.

»Beim Zirkus machen wir Tamtam, das bedeutet, wir übertreiben alles«, sagt er. »Wir wollen niemanden täuschen, sondern die Leute damit beeindrucken, wie riesig oder winzig alles ist. Wenn ich zehn Katzen habe, sage ich, ich habe fünfzig. Wenn ich einmal gebissen wurde, erzähle ich, ich sei zehnmal gebissen worden. Ich könnte dir auch erzählen, dass ich dich mehr begehre als jede andere Frau, der ich je begegnet bin. Du bist so schön, dass du im Zirkus auftreten könntest. In dem Moment, als du auf mich zukamst, habe ich dich geliebt.«

»Jetzt übertreibst du also?«

»Vielleicht ja, vielleicht nein. Aber weißt du, Zirkusmenschen und Stadtmenschen passen irgendwie nicht zusammen.«

Er schiebt sie von seinem Schoß und steht auf.

»Du bist nicht clever genug. Nicht clever genug für eine Ausreißerin«, sagt er. »Zirkuskinder sind clever. Sie streicheln keine Löwen. Sie laufen nicht hinter einem Pferd oder vor einem Elefanten her.«

»Das weiß ich.«

»Sie nehmen keine Süßigkeiten von Fremden an. Sie hüten sich davor, den Finger in einen Käfig zu stecken.«

DER MALER

Am Broadway geht die Frau zum Buchladen The Strand. Draußen stehen die Bücher in Regalen aufgereiht und in Kisten gestapelt auf dem Bürgersteig. Sie geht hinein und läuft vorbei an den Tischen mit den Schildern: Empfehlungen, Biografien, Schach, Humor, bis hin zu den Regalen in der Mitte des Ladens.

Sie steht zwischen Kilometern von Büchern – eine Landschaft, die Buch für Buch bis zum letzten Buch führt.

Während sie durch die Regalreihen marschiert, denkt die Frau an Leuchtkraft. Alle Bücher, die sie je gelesen hat, bewegen sich in ihr und bilden Äste in ihren Adern, die ebenfalls Äste sind. Die Bücher beleuchten sie von innen.

Als sie an den Chemiebüchern vorbeikommt, fallen ihr Marie Curies Worte ein: »Wenn ich etwas Essentielles um mich herum wahrnehme, ist es genau dieser Abenteuergeist, der mir unzerstörbar erscheint und den man als Neugierde bezeichnen kann.«

»Wer gelernt hat, auf der Schwelle unbekannter Welten zu wandeln, mittels dessen, was man gemeinhin als die exakten Wissenschaften schlechthin bezeichnet, der kann, auf den weißen Schwingen der Fantasie, hoffen, weiter in das Unerforschte zu gelangen, in dessen Mitte wir leben«, schrieb Ada Lovelace.

»Wenn es in meinem Buch über das Meer Poesie gibt, dann nicht, weil ich sie absichtlich dort hineingetan hätte, sondern, weil niemand wahrheitsgetreu ohne Poesie über das Meer schreiben kann.« So heißt es bei Rachel Carson auf einer Seite in ihrer Bibliothek.

Als sie an den Physikbüchern vorbeiläuft, denkt sie, wie kraftvoll der Buchstabe Z doch ist, wie ein Blitz auf einer Buchseite.

Die Frau weiß, dass die Worte »Respekt wurde erfunden, um die leere Stelle zu füllen, an der die Liebe stehen sollte« irgendwo auf einer Seite in diesem Raum stehen.

In dieser Papierlandschaft, hinter Büchern über Architektur, Transportwesen, Kochen, Literatur und Theater, steht in der letzten rechten Ecke das Regal mit Erotik und Märchen.

Die Frau zieht einen Erzählungsband von Charles Perrault heraus, schlägt das Buch auf und liest: »Als das schöne Mädchen nach Hause kam, schimpfte seine Mutter, weil es sich so lange am Brunnen aufgehalten hatte. ›Ich bitte um Verzeihung, liebe Mutter‹, sagte das arme Mädchen, ›dass ich so lange ausgeblieben bin.‹ Als sie aber diese Worte sprach, fielen ihr zwei Rosen, zwei Perlen und zwei große Diamanten aus dem Mund.«

Die Frau läuft durch das Papierlabyrinth, tritt aus dem Buchladen und geht kurz in die Knie, um ein Buch zurück an seinen Platz in einem der unteren Regale zu legen.

Sie läuft in Richtung Downtown, biegt links in die 9th Street ab und kommt an einer Reihe von kleinen Boutiquen vorbei.

Über einer Tür hängt ein großes Schild, auf dem *Secondhand Brautkleider* angepriesen werden. Darunter fallen kaskadenförmig Dutzende weißer und cremefarbener Stücke aus Spitze herab. Durch das Fenster sieht die Frau weibliche Plastikpuppen in weißen Hochzeitskleidern aus Musselin, Seide, Popelin und Spitze. All diese Kleider wurden bereits über eine Schwelle getragen.

Auf dem Boden liegt Reis, der aus den Kleidern gefallen ist. Ein Teil davon wurde nach draußen auf den Bürgersteig getragen. Die kleinen blassen Körner knirschen und zerbrechen unter ihren Schuhen.

Ein Stück weiter versteckt sich jemand hinter einem Auto. Der Mann trägt einen Kampfanzug und eilt gebückt zwischen den Fahrzeugen durch, ein Klecks aus den Kriegsfarben Olivgrün, Schwarz und Grau. In den Händen hält er ein langes braunes Jagdgewehr. Er läuft auf ein Apartmenthaus zu, drückt die Tür mit der Schulter auf und geht hinein.

Sechs Kinder in Begleitung zweier Latina-Kindermädchen laufen an der Frau vorbei. Sie reden über das Piratenschiff mit den Fahrrädern.

»Ich konnte sein Schwert sehen«, sagt ein Kind.

»Sie wollten uns nicht mitnehmen, weil sie in dem Schiff nur Gefangene transportieren«, erwidert ein anderes.

»Wir wollten Gefangene sein«, sagt ein Mädchen.

»Auf welche Schule gehen sie?«, fragt die Frau. »Qué escuela?«

»Little Missionary«, antwortet eines der Kindermädchen. »An der 8th Street. La ocho.«

Die Frau nickt und geht langsam rückwärts in die andere Richtung.

Sie geht rückwärts in der Zeit.

Als sie hochsieht, ist es 1896.

Im Wald der Feuertreppenabsätze, im eisernen Labyrinth der Leitern an den Häusern, ist sie umgeben von Kindern von vor mehr als hundert Jahren. Sie sind mit Seilen und Lumpen an den Treppenabsätzen festgebunden.

Die Kinder rufen einander von Stockwerk zu Stockwerk zu und auch von der anderen Straßenseite. Ihre hellen Stimmen schwirren durch die Luft. In den unerbittlichen Sommermonaten sind die Feuertreppen der Ort, wo die Waisen und die Kinder berufstätiger Mütter leben.

Die Straßen von New York sind voller Geister. Die Frau spürt die Körper der berufstätigen Mütter auf dem Weg zu ihren Fabrikjobs vorbeieilen.

Die Kinder sitzen vor den Fenstern, mit Essen und Wasser, damit sie den langen Arbeitstag ihrer Mütter überstehen.

Die Frau läuft in Richtung Little-Missionary-Schule. Über ihr rufen die Kinder: »Erdnüsse! Haben Sie Erdnüsse für uns?«

Manche sind an Seilen festgebunden, lang genug, damit sie über die Leitern zu den anderen Kindern auf den Podesten über und unter ihnen klettern können. Sie wünschten, sie könnten die Passanten durch die Stahlgitter mit irgendetwas bewerfen, aber sie haben nichts. Hin und wieder können sie höchstens mal jemanden anspucken. Manche Mütter lassen ihre Kinder allein im Tompkins Square Park herumlaufen.

Die Frau blickt hoch und sieht Dutzende von Augen auf sich herabstarren. Manche sind so frech und strecken die Hände nach ihr aus.

Ein in ein schmutziges Laken gewickeltes Mädchen ruft: »Geben Sie mir einen Penny?«

Ein Junge auf einem Treppenabsatz auf der anderen Straßenseite brüllt: »Haben Sie einen Apfel für mich?«

Ein kleines abgemagertes Mädchen mit verfilzten roten Haaren und wunden Stellen am ganzen Körper kommt aus einer Tür auf die staubige Straße gerannt. Das Kind wird von einem Fuhrwerk überfahren und vom Hinterrad zerquetscht.

Der bewölkte Tag klart auf, es wird hell in der Straße.

Stunden später geht die Mutter des toten Kindes von der Arbeit nach Hause. Die Kinder – die normalerweise über das Gerüst der Feuertreppen klettern, kriechen, laufen und springen – verstummen, als sie die Mutter um die Ecke kommen sehen. Sie drücken sich an die Geländer und starren auf die Straße.

Die Mutter braucht sieben Minuten, bis sie das Treppenwaisenhaus und den Eingang ihres Hauses erreicht.

Still und schweigsam verfolgen die Kinder ihre letzten sieben glücklichen Minuten auf Erden.

Während die Frau den Blick nach oben richtet, stolpert sie fast über einen Mann, der auf den Stufen vor einem Brownstone-Haus sitzt. Seine Jeans und sein T-Shirt sind mit gelber Farbe bespritzt. Er hat die Arme fest um sich geschlungen, als wollte er sich vor dem Wind schützen.

»Bitte setzen Sie sich zu mir«, sagt er.

Die Frau nickt, und der Mann rückt ein Stück, um ihr auf den Stufen Platz zu machen.

Sein krauses schwarzes Haar ist mit weißer Farbe besprenkelt. Seine Augen sind schwarz, die Haare sind schwarz, und er hat überall schwarze Flecken, sogar auf den Händen. Der Maler schüttelt ihr die Hand und lacht, als er ihre Finger mit gelber Farbe beschmiert.

»Die Farbe trocknet heute nicht mehr. Die Leinwand drinnen ist noch nass«, sagt er. »Also mach ich Pause.«

Als er sie neckisch anstupst, wird auch ihre Bluse schmutzig.

»Von wo kommen Sie?«, fragt die Frau.

»Von hier, aber ursprünglich aus Russland«, antwortet er. »Inzwischen habe ich überall auf der Welt Familie. Aus unserem Haus in St. Petersburg ist mir nur ein Stück von einem Spiegel geblieben. Wie oft haben meine Großmütter ein schwarzes Tuch vor diesen Spiegel gehängt? Und jetzt gehört mir ein Stück davon, als wäre es ein Stück Leben.«

»Wir hängen zu Hause auch etwas vor die Spiegel, wenn jemand stirbt. Wir zerreißen unsere Kleider.«

»Meine Urgroßmutter hat den Familienspiegel in Stücke schneiden lassen. Sie glaubte, darin stecke die Erinnerung an die Menschen, die vor ihm standen. Jeder von uns bekam ein Stück. Mit Lineal und Diamantmesser wurde die Familie in Stücke geschnitten. Mein Vater, der damals noch ein Kind war, meinte, der Spiegel hätte dagelegen wie ein Körper, der von einem Zauberer zersägt wird.«

»Als meine Familie aus Europa wegging, haben sie die Diamanten in die Kleidersäume eingenäht.«

»Was machen Sie beruflich?«, fragt der Maler.

Als die Frau antwortet, sie sei Bibliothekarin, sagt der Maler: »Um ehrlich zu sein, sind Bilder für mich wie Länder, und Bücher auch. In einem Bild kann einem alles Mögliche passieren: zum Beispiel, dass eine Hand aus der Wand kommt oder zwei

Monde am Himmel stehen. In einem Bild kann ich eine brennende Synagoge malen und den Blitz, der darin eingeschlagen ist, und dann noch den Regen, der das Feuer löscht.«

»Ja, natürlich.«

»Hatten Sie mal einen Traum, einen wichtigen Traum? Einen Traum, der Ihr Leben verändert hat? So wie in der Bibel?«

»Ja, das war ein Märchentraum. Ich lief durch einen Wald. Ich hatte mich verirrt. Es war ein Wald aus Metallbäumen. Nachdem ich eine Weile gelaufen war, stellte ich fest, dass die Bäume in Wirklichkeit Feuertreppen waren«, erwidert sie.

Der Maler nimmt ihren Arm und betrachtet ihr Muttermal. »Was ist das da auf Ihrem Arm?«

Die Frau zieht den Ärmel bis zum Ellbogen hoch und zeigt ihm das baumförmige Muttermal am linken Unterarm.

Der Maler steht auf, nimmt die Frau an der Hand und zieht sie hoch.

Er fasst sie um die Taille.

Er stellt sich mit seinen Stiefeln auf ihre Schuhe und nagelt sie mit seinen Füßen fest.

Er kommt näher, bis sein Hemd und ihre Bluse sich aneinanderdrücken.

Kragen und Manschetten küssen sich.

Während ihre Kleider Liebe machen, ziehen Wolken über die Stadt.

Ihre Knöpfe sind Zähne, die gegeneinanderschlagen.

DER VERRÜCKTE

Müllsäcke wurden geöffnet und durchwühlt, ihr Inhalt liegt über den Bürgersteig verstreut. Die Frau steigt über Plastikflaschen und verfaultes Essen. Es riecht ranzig und bitter, nach überreifen Orangen und Zigaretten.

Ein rotes Mädchenkleid, mit Spitze und Erdbeermuster verziert, liegt auf dem Boden. Es bauscht sich nicht mehr auf, sondern klebt platt auf dem Bürgersteig, als läge es schon seit Wochen dort. Das Kleid ist ein Lumpen. Es ist nach sechs Uhr abends, und die Menschen auf dem Nachhauseweg treten auf das Kleid und zerknüllen einen Ärmel. Wo vorher Weiß war, ist jetzt Grau.

An der Ecke 11th Street sieht die Frau den Polizisten neben einem Hydranten stehen. Die Kleider scheinen ihr am Körper zu kleben, als erinnerte der Stoff sich an ihre Begegnung. Er sieht sie nicht.

Die Frau läuft durch die 14th Street in Richtung 14th Street Y. Die Waren quellen aus den Läden, stapeln sich auf Tischen und in Kästen oder hängen an Gestellen auf dem Bürgersteig. Kleider, elektrische Geräte und reihenweise Koffer und Schuhe.

Sie spiegelt sich in den Schaufenstern. Sie schwingt und wiegt sich und denkt daran, wie sie sich im Spiegelbild der Schaufenster hat altern sehen.

Kurz darauf entdeckt sie ihn. Sein Bild spiegelt sich im riesigen Fenster einer Bank. Er bewegt sich schnell. Ein einziger Farbklecks: Olivgrün, Schwarz und Grau. In den Händen hält er ein Jagdgewehr.

Sein Spiegelbild marschiert direkt in sie hinein. Sie spürt, wie sein Brustkorb ihre Schultern umringt. Seine Arme gleiten in ihre, als wären es Ärmel. Seine Wange drückt gegen ihren Kopf.

Der Mann läuft auf sie zu und direkt in sie hinein. Er weicht weder nach rechts noch nach links aus. Er stoppt sie mit seinem Körper.

In der Stadt stoßen ständig Leute gegeneinander. Aber hier, im Spiegelbild des Schaufensters, schlüpfen die Frau und der Verrückte jeweils in den Körper des anderen, sein Herz liegt an ihrer Schulter, seine Leber an ihrem Herzen, sein Atem atmet in sie hinein. Für einen Moment gleichen ihre Rippen ineinander verstrickten Ästen.

Sie denkt an kollidierende Autos, Züge und Schiffe.

»Verzeihen Sie«, sagt der Mann.

Der Mann ist groß, neigt sich aber leicht zur Seite. Das weiße Haar hat er aus dem Gesicht nach hinten gekämmt. Seine Augen sind schiefergrau. Er ist alt und jung.

Ein dünner Streifen Lippenstift klebt an der Stelle, wo sie gegen sein Hemd gelaufen ist. Sie spürt noch den Aufprall ihrer Körper in den Knochen.

»Das ist eine Weggabelung«, sagt er.

Als sie zusammen weitergehen, sagt er: »Du weißt, dass alles im Buch der Sterne steht. Die Sterne kündeten die Morde an den ganz Großen an. An Gandhi und an Lincoln.«

Sie gehen langsam und schweigen eine Weile.

»Ich will in meiner Unruhe ruhen«, denkt die Frau.

»Darf ich Sie etwas fragen, sind Sie eine Anhängerin des Blattes oder der Blume?«, fragt er.

»Ich weiß es nicht. Des Blattes, schätze ich.«

»Das ist gut. Ja, ich auch. Das Blatt ist unsterblich. Wissen Sie, wir durchleben jedes Jahr unseren zukünftigen Todestag. Es gibt einen Geburtstag und einen Todestag. Wir durchleben diesen Tag und verschwenden keinen Gedanken daran. Aber eines Tages wird er da sein. Vielleicht im September? Vielleicht im April? Welcher Tag wird es sein? Welcher Wochentag? Jedes Jahr stehen wir auf und durchlaufen diesen Tag, den Jahrestag unseres Todes, und wissen es nicht mal.«

»Es steht alles im Buch der Sterne.«

»Ja, genau. Hector, Achilles, Cäsar – der Tod eines jeden.«

»Woher kommen Sie? Ist das Gewehr echt?«, fragt die Frau und zeigt auf die Waffe, die er in den Händen hält.

»Jeden Tag warte ich darauf, wie die Geschichte endet, und eines Tages gibt es für jeden von uns keinen nächsten Tag mehr.«

»Ja.«

»Sie wissen, was ich von Ihnen will, oder?«

»Nein, weiß ich nicht.«

»Na ja, vieles von dem, was man gern tun würde, geht nicht. Man kann zum Beispiel nicht bei den Toten sein. Betrachten Sie mich durch das Fenster Ihrer Hände«, sagt er.

Die Frau hält die Hände vors Gesicht, die Handflächen nach außen, die Daumen aneinandergelegt wie Priesterhände auf einem Grabstein.

»Dann wissen Sie also, dass Gott einem gerade in den kleinen Dingen so groß erscheint. Er offenbart sich noch im winzigsten Stein. Selbst in einem Staubkorn.«

»Ja, ich weiß.«

Die Frau wird langsamer und bleibt stehen. Sie sieht dem Mann ins Gesicht und berührt seine Wange, streichelt ihm über die Wange.

»Hier ist Schluss«, sagt die Frau und zeigt auf die Tür vom 14th Street Y. »Hier muss ich rein.«

»Dann auf Wiedersehen. Wir treffen uns bestimmt wieder. Hat mich gefreut, Sie kennenzulernen.«

»Wer sind Sie?«

»Schneider, Soldat und Seemann.«

Der Mann hat die linke Hand zur Faust geballt, wie jemand, der ständig auf Streit aus ist.

Sie sieht ihn an. Sein Gesicht ist ein Spiegel. Ein »Spieglein, Spieglein an der Wand«.

»Wie haben Sie sich entschieden?«, fragt er.

Die Frau denkt, es ist, als würde ein Spiegel fragen. Sie weiß, was sie antworten wird.

»Wie haben Sie sich entschieden?«, fragt er noch mal. »Wissen Sie, die Stille ist immer dieselbe Stille, es ist immer das unausgesprochene Wort. Ich habe darauf gewartet, Sie zu begleiten, mein Herzschlag war der Klang Ihrer Schritte. Lassen Sie mich der Diener Ihres Ärmels sein, Ihren Ärmel halten. Wer soll leben, wer soll sterben, wer am Ende seiner Tage, wer zu früh? In meinen Gebeten will ich wissen, welches der Buchstabe vor dem A ist, der Monat vor dem Januar, die Zahl vor der Null. Wenn ich auf Wiedersehen sage, halte ich Sie noch bei mir, dann bin ich noch nicht gegangen. Ich halte Sie hier um ein Wort, halte Sie mit Worten, auf noch ein Wort.«

Das Gesicht des Mannes vor ihr, das Spiegelbild ihres Gesichts in seinem, scheint zu weinen und gleichzeitig zu lächeln. Ein Gesicht mit einem traurigen Lachen.

Die Frau will gehen, doch der Verrückte hält sie auf. Er holt einen Kiesel aus der Tasche und gibt ihn ihr.

»Den habe ich gerade im Park gefunden, im Washington Square Park«, sagt er. »Ich will, dass Sie darüber nachdenken, wie schöne, richtige Dinge Gutes bewirken. Steine sind perfekt.«

Die Frau nimmt den Stein und steckt ihn in die rechte Vordertasche ihrer Jeans.

»Ich kann alles hören, was in Ihnen vorgeht«, sagt er.

»Ich weiß.«

»Wir haben einander betreten, weil Sie Ihre Sterblichkeit vergessen wollen. Sie haben sich von mir küssen lassen, um sich nicht vom Hochhaus zu stürzen oder vor einen Zug zu werfen oder Gift zu nehmen. Selbst ein Schlag ins Gesicht ist besser als Langeweile. Sie wollen in einem großen Mythos aufwachen, aber alles ist Glück, Zufall und Schicksal.«

Die Frau antwortet nicht.

»Hören Sie«, sagt er. »Vergessen Sie nicht, dass Glück eine Art Gerechtigkeit ist, ein Gesetz.«

Er packt sie am Arm und knurrt fast, als wollte er sie beißen, in den Arm oder ins Gesicht.

»Hören Sie«, sagt er. »Ich bin ein Jäger. Jäger fürchten keinen Gott. Ich töte und häute Tiere, ich sehe in sie hinein und weiß, wo ich schneiden, hacken, die Haut abziehen muss, ich weiß, was ich essen kann, was zart ist, die Beine abtrennen, die Haut vom Kinn zum Brustbein aufschneiden, der Schuss, die schwarzen Blasen, das abgeriebene Fleisch. Ich muss Ihnen nur zuhören. Ich kenne Ihr Inneres als Jäger, der sein eigenes Wild zerlegt, der weiß, was man essen kann und was für die Hunde ist.«

Die Frau wendet sich von ihm ab, öffnet die schwere Glastür des 14th Street Y und tritt ein.

In der feuchtwarmen Eingangshalle steht auf einem Schild: »Wir richten uns nach dem Konzept des *Tikun Olam* oder der Verbesserung der Welt.«

Im Y ist Schwimmtag für die orthodoxen jüdischen Frauen, die extra aus Brooklyn nach Manhattan gelaufen kommen. Sie verlassen ihre Welt der koscheren Läden, Restaurants und Häuser, in denen die Fahrstühle automatisch in jedem Stockwerk anhalten, und laufen über die Brücke, um schwimmen zu gehen.

Die Frau geht in die Umkleide. Sie setzt sich auf eine lange Metallbank und horcht einer Sprache, die eine Mischung aus

Englisch, Jiddisch, Hebräisch und Russisch ist. Einzelne Gesprächsfetzen schwirren durch die Schließfachgänge.

Die Frau schaut auf den beigen, blau gepunkteten Linoleumboden. Es gibt mehrere Reihen alter grauer und blauer Schließfächer. Braune, blonde und schwarze Perücken hängen an Haken in den offenen Fächern.

Die verheirateten Frauen nehmen die Perücken ab und setzen ihre Badekappen auf. Sie ziehen die Strümpfe aus und schlüpfen in Flipflops. Dann schlüpfen sie in ihre Badekleider.

Die Frau folgt ihnen ans Becken. Sie setzt sich auf eine Bank und sieht ihnen beim Schwimmen zu.

Es ist ein altes Schwimmbecken in einem abgeschlossenen Raum. Am Beckenrand ist die Tiefe in Fuß angegeben. Das tiefe Ende ist neun Fuß tief. An einer Wand steht eine Reihe von Schwimmbrettern.

Die Frauen steigen in ihren langen Badekleidern ins Becken. Sie rücken ihre Schwimmbrillen zurecht, einige ziehen Flossen an, dann schwimmen sie zur Wasserwalzermusik hin und her. Während der Stoff ihrer Kleider an ihren Körpern entlangfließt, verwandelt sich das Schwimmbad in einen Ballsaal.

Nach ein paar Minuten kommen zwei ältere Frauen an den Beckenrand geschwommen, um sich auszuruhen.

»Du hast dich gut gehalten«, sagt die Frau im marineblauen Kleid.

»Du kennst mich ja, ich mag keinen Kuchen, ich mag nur den Zuckerguss«, erwidert die Frau im braunen Kleid, und so geht es eine Weile hin und her.

»Ein guter Freund ist besser als ein Bruder.«

»Eine halbe Wahrheit ist eine ganze Lüge, wie du weißt.«

»Eine halbe Antwort spricht für sich. Eine Kinderweisheit ist auch eine Weisheit.«

»Ich sage manchmal, ein nettes Wort kann Knochen brechen.«

»Auch ein Besen kann schießen, so Gott will.«

»Manchmal kommt ein Missgeschick durchaus gelegen.«

»Würde Gott auf der Erde leben, wären seine Fenster kaputt.«

Die beiden Frauen gehen auseinander und ziehen weiter ihre Bahnen. Die Stoffe sind vom Wasser schwer, sodass die Kleider sich beim Treten in den Beinen verfangen.

Im 14th Street Y schwimmen die Frauen im Roten Meer. Sie sind umgeben von versteinerten Seesternen. Auf dem Beckengrund sehen sie Wagenräder und Wagenräder voller Korallen. Während sie schwimmen, wissen sie, dass sich das Wasser teilen kann und sie aus dem Wasser hinaus in die Wüste laufen könnten.

Die Frau steht auf und will gehen, zuerst öffnet sie die Hand und lässt den Kiesel, den der Verrückte ihr geschenkt hat, ins Becken fallen. Es schmeckt nach Chlor, nach Bleichmittel und dem Roten Meer.

Wieder draußen läuft sie über die Stahlklappen auf dem Bürgersteig, hinter denen Treppen und Keller liegen. Während ihre Schritte über den Boden klacken, fühlt der Raum darunter sich leer an. Sie hört und spürt zugleich das Schnaufen der U-Bahn unter ihr, vielleicht den Knall einer Kugel und dann noch einer Kugel, das brutale Hämmern eines Bohrers zusammen mit dem Heulen der Polizeisirenen und dem Krachen eines Ladengitters. Sie flüchtet aus der 14th Street, als liefe sie vor einem Sturm weg.

Leichter Regen kommt auf. Sie hat keinen Regenschirm und eilt durch die Straßen zu ihrer Wohnung. Sie geht nahe an den Häusern und sucht Schutz unter den Vordächern.

Sie ist der Regen des Regenmanns.

Die Frau sieht hoch in einen Wald aus Feuertreppen. Das Geflecht aus Stahl umgibt sie. Tauben, Amseln und Schwalben nisten und hocken im Schatten des Metalls.

In der Wohnung geht die Frau in ihre Küche und die Küche ihres Mannes. In dieser Küche hat sie Teig gerührt, die Löffel gewaschen, ihre und seine Teller zu Bruch gehen lassen, Blumen in Vasen gestellt, am Tisch gesessen, Tee getrunken und Bücher gelesen. An der Spüle dreht sie den Wasserhahn auf und trinkt Wasser aus ihrem Glas und seinem Glas.

Sie denkt: »In einem Buch fällt der geschriebene Regen auf geschriebene Leben.«

Die Frau weiß, dass sie gefragt werden wird: »Wo warst du während des Regengusses, dass du nicht nass geworden bist?«